ENTREDEUX

ENTREDEUX

L'ART ET L'INFORME, EXPLORATIONS EN CHINE POSTCONTEMPORAINE

Florence Vuilleumier et Pierre-Philippe Freymond

art&fiction Lausanne, Genève 2022

En couverture: *Écume*, sérigraphie de Florence Vuilleumier et Pierre-Philippe Freymond, 2016
Au dos: détail d'une photographie de Pierre-Philippe Freymond, Beijing, 2010

©art&fiction, éditions d'artistes, Lausanne, Genève, 2022

Table des matières

Florence Vuilleumier

一	13
二	45
三	101
Table des illustrations	119

Pierre-Philippe Freymond

Pierre(s)	127
$CaCO_3$	129
La marche du crabe	137
La marche du crabe : art et sciences	139
Soleil levant, néon	147
Drifting in the sixties	151
Touriste	159
La vie liquide	165
La ville liquide	173
武汉	187
Tripes	199
Entropologie	221
Algorythmie	231
Smithsonmania	235
Ασχημο	239
La grande image et le crachat	255
L'informe : mode d'emploi	267
Iconophile, iconoclaste, aniconique	275
Choses	281

Florence Vuilleumier

子路曰:《衛君待子而為政,子將奚先?》 子曰:《必也正名乎!》子路曰:《有是哉,子之迂也! 奚其正?》子曰:《野哉,由也! 君子於其所不知,蓋闕如也。名不正,則言不順;言不順,則事不成;事不成,則禮樂不興;禮樂不興,則刑罰不中;刑罰不中,則民無所錯手足。故君子名之必可言也,言之必可行也。君子於其言,無所苟而已矣。》

Zilu dit : « Si le souverain de Wei vous invitait et vous confiait le gouvernement, que feriez-vous en premier lieu ? » Le Maître dit : « Rectifier les noms, pour sûr ! » Zilu dit : « Vraiment ? Vous allez chercher loin ! Les rectifier pour quoi faire ? » Le Maître dit : « Zilu, vous n'êtes qu'un rustre ! Un honnête homme ne se prononce jamais sur ce qu'il ignore. Quand les noms ne sont pas corrects, le langage est sans objet. Quand le langage est sans objet, les affaires ne peuvent être menées à bien. Quand les affaires ne peuvent être menées à bien, les rites et la musique dépérissent. Quand les rites et la musique dépérissent, les peines et les châtiments manquent leur but. Quand les peines et les châtiments manquent leur but, le peuple ne sait plus sur quel pied danser. Pour cette raison, tout ce que l'honnête homme conçoit, il doit pouvoir le dire, et ce qu'il dit, il doit pouvoir le faire. En ce qui concerne son langage, l'honnête homme ne laisse rien au hasard[1]. »

---

1 – *Les Entretiens de Confucius,* traduit du chinois, présenté et annoté par Pierre Ryckmans, Gallimard, 1987, XIII.3, pp. 71-72.

一

14

Le (non-) dit du nom.

Depuis toujours, j'avais l'habitude d'entendre ma mère se réjouir de la mort de la sienne.

17

18

Vendredi saint.

J'hérite de mon père un nom de famille suisse, originaire du Jura neuchâtelois. Ma mère songeant à la période du terme prévu, et son entourage vietnamien lui prédisant la venue d'un garçon, adopte le prénom de Pascal. Pourquoi ne pas avoir simplement ajouté un «e» à Pascal? Pourquoi tenir à nommer son enfant dans une langue qui n'est pas la sienne? Toujours est-il que je reçois alors, presque par défaut, le prénom d'une amie de mon père. Cet étrange phénomène se répète quatre années après, à la naissance de ma sœur, pour qui le prénom Pascal est à nouveau pressenti (malgré la saison automnale). Cette fois, c'est moi qui comble l'absence d'inspiration familiale: ma jardinière d'enfants a elle aussi une sœur cadette et, par analogie, je choisis pour la mienne le même prénom.

20

halète

allaite

22

Quarante ans plus tard, j'apprends avec quel soin ma mère a composé le deuxième prénom de ses filles, s'inspirant du célèbre poème *Kim Vân Kîêu*[2]. Selon elle, leur unique fonction était de garder la trace d'une origine lointaine. Or suite à une erreur de mon père (réitérée à la naissance de ma sœur), l'état civil les fera apparaître en premier. C'est donc à ces prénoms vietnamiens, inusités dans nos vies courantes en Suisse, que tous les documents officiels nous parviennent encore à ce jour.

---

2 – Grand classique de la littérature vietnamienne, *Kim Vân Kîêu* est un poème du début du XIXe siècle écrit par Nguyễn Du (1765-1820).

24

ENTREDEUX

1974.

Nguyễn thị Lý effectue un long séjour en Suisse, à la naissance de sa première petite fille. Elle y retrouve sa fille, établie à Genève depuis six ans. Les événements de 1975 empêchant tout retour au Vietnam, elle demeure avec nous jusqu'à la naissance de ma sœur, et m'élève ainsi les quatre premières années de mon existence.

Prises au piège.

Ma grand-mère ne retournera jamais vivre au pays : elle résidera en France proche de notre domicile jusqu'à sa mort. Ma mère, entre piété filiale et soif de liberté. Moi, le cul entre deux chaises.

Février 2010.
Nous envoyons une demande de bourses pour un an d'étude de la langue chinoise à Beijing (Pékin), où nous comptons nous installer avec notre fille Lisali, alors âgée de deux ans et demi.

Se nommer revient à prononcer le nom qui nous inscrit, nous pose en tant qu'unité singulière. Or il m'a fallu répondre à la curieuse demande de m'en attribuer un, soit *me* nommer : en prévision de notre séjour prolongé dans l'Empire du Milieu[3], j'ai dû me trouver un nom chinois[4].

Seuil.
Comme chaque caractère de leur langue renvoie à une (des) signification(s), tous les Chinois sont inévitablement sensibles aux caractères composant les noms et prénoms. De plus, dans un pays où prononcer les mots occidentaux représente une réelle difficulté, le nom d'emprunt reste un passage obligé – qui plus est dans un cadre officiel universitaire – pour toute personne étrangère désireuse de s'intégrer.

---

3 – 中国 («Chine», prononcer *djong gouo*) est en effet composé des deux caractères 中 («milieu», «centre») et 国 («pays», «nation»).

4 – Plus précisément, j'ai dû me trouver un nom de famille (un caractère à l'écrit) *et* un prénom (un ou deux caractères à l'écrit). En effet, interpeller quelqu'un par son prénom est une marque d'irrespect en Chine (excepté dans la sphère privée) : on appelle une personne par son nom de famille directement suivi du prénom.

Au Vietnam,
ma grand-mère et ma mère vivent sous l'occupation française.
Ma mère étudie au lycée Marie Curie, se voit attribuer un prénom
français, et suit le cursus universitaire pour enseigner la langue.
En Suisse romande,
ma mère parle à ma grand-mère en vietnamien,
et choisit d'élever ses deux filles en français.

Langue de l'ennemi.
Langue amie.
Langue d'emprunt.
Je parle à ma fille dans ma langue maternelle.

30

Il m'a fallu trois mois pour trouver un nom chinois. Après avoir renoncé à en inventer un de toutes pièces, à toute traduction littérale ou transcription phonétique, j'ai fini par remonter à la source de mon deuxième prénom : je me nomme 武琳 (prononcer *ou line*).

Dessiner la langue.

Écrire en chinois mobilise la mémoire gestuelle, chaque caractère s'équilibrant au centre d'un carré (imaginaire), selon un nombre et un ordre fixes de traits : l'unité et l'individualité de chaque caractère résultent ainsi d'une hiérarchisation de ses éléments marquée par l'adaptabilité, donc l'inégalité. Une systématique sans logique systématique[5].

---

5 – À ce propos : Jean François Billeter, *Essai sur l'art chinois de l'écriture et ses fondements*, Allia, 2010.

Lorsqu'on donne son nom en chinois, il faut en raison de la multitude d'homophones contenus dans la langue, préciser de quel caractère il s'agit. Soit par écrit, soit oralement en l'intégrant dans un mot formé de deux caractères : « 我叫武琳。武术的武, 琳琅的琳。» « Je m'appelle 武琳. Le 武 de 武术 (« arts martiaux », prononcer *ou chou*), le 琳 de 琳琅 (« jade précieux », prononcer *line lang*). » Sinon, on ne vous comprend pas[6].

---

6 – Le chinois parlé (汉语, littéralement « langue des Han ») est une langue syllabique et tonale (quatre tons pour le mandarin). Majoritaire en Chine (on trouve sur le territoire 55 autres langues liées aux minorités ethniques), elle comprend sept grands groupes de dialectes, dont le cantonais, le hakka et le mandarin. Le mandarin (普通话) est la langue officielle la plus étendue, obligatoire dans l'enseignement, l'administration et les médias internationaux. S'ils diffèrent passablement, ces dialectes partagent en revanche une écriture commune.

L'écriture chinoise est idéographique (ni alphabétique ni phonétique), composée de caractères correspondant chacun à un mot. Ces caractères sont répartis selon quatre catégories :
– *les pictogrammes* : dessin simplifié d'objets ou de phénomènes, comme 日 : « soleil » ;
– *les idéogrammes* : sens plus abstrait, venu d'une idée (ou association d'idées), comme 明 : 日 « soleil » + 月 « lune » = « clarté » ;
– *les idéophonogrammes* : majorité des mots chinois, composés d'un élément pictographique porteur de sens (clef ou radical) et d'un autre caractère indiquant le son, comme 松 [*song*] : 木 « arbre » + 公 [*gong*] = « pin » ;
– *les emprunts* : caractères dont le sens a changé en raison d'une homophonie fortuite avec d'autres caractères, comme 萬 [*wan*] : anciennement « scorpion », sert maintenant à noter le nombre « 10 000 ».

En 1919, l'usage de la langue parlée (白话), utilisant des mots polysyllabiques, est adopté pour l'écrit (auparavant, les textes étaient composés uniquement de caractères monosyllabiques). On trouve donc deux types de dictionnaires : les dictionnaires de caractères (字典) ou de mots (词典).

En 1956, le chinois dit « simplifié » est introduit en République populaire de Chine et à Singapour (la liste définitive des caractères sera établie en 1964). Le *pinyin*, retranscription du mandarin en lettres latines, est adopté en 1979.

Les mots chinois sont invariables (ni conjugaison, ni déclinaison) : pas de nombre, de genre, de temps du verbe, ni d'adjectifs et prépositions à proprement parler. La grammaire chinoise se ramène à la seule dimension de la syntaxe, et utilise des « particules » ainsi qu'un nombre de règles limitées quant à la position des mots dans la phrase.

Enfin, le chinois s'écrit de droite à gauche en colonne et de gauche à droite en ligne.

À noter que cette partie du livre utilise le chinois simplifié (à l'exception de la citation en page 10). La prononciation des caractères proposée entre parenthèses n'est pas indiquée en *pinyin*, mais librement orthographiée pour faciliter la lecture aux personnes de langue française.

Se nommer en chinois revient à s'approprier le dessin, le son et le sens véhiculé par le caractère :

武 symbolise une hallebarde (戈) combinée à une empreinte de pied (止) exprimant le mouvement. Il signifie «militaire», «martial», «guerrier» et est l'ancienne graphie[7] du nom de famille de mon grand-père maternel : *Vũ*.

琳 symbolise le jade (玉) associé à la forêt (林). Il signifie «jade précieux» et a un sens proche de 翠玉, ancienne graphie de mon prénom vietnamien : *Thúy Ngọc*.

---

7 – L'écriture latinisée (*chữ quốc ngữ*), utilisée actuellement au Vietnam, a remplacé l'ancienne écriture composée d'idéophonogrammes (*chữ nôm*) ou celle issue du chinois classique (*chữ Hán*). Le Vietnam est en effet resté sous domination chinoise près de mille ans, entre 111 av. J.-C. et 939 apr. J.-C. Tout comme en chinois, le nom de famille précède le prénom en vietnamien.

dés

orientée

38

Je prends pour nom de famille le nom de jeune fille de ma mère :
武 porte la mémoire (occultée) de mon grand-père.

Vũ văn Đãi naît à Phủ Lạng Thương au Nord Vietnam le 7 août 1910. Ingénieur des ponts et chaussées, veuf à deux reprises et déjà père de cinq enfants, il épouse Nguyễn thị Lý en troisième noce en 1939. De cette union naîtront une fille (ma mère) et un fils. En 1947, Vũ văn Đãi disparaît à l'âge de trente-sept ans, après s'être rendu seul à Saigon en quête de travail[8]. Partie à sa recherche, ma grand-mère apprendra la vérité des années plus tard : en route pour rejoindre le Việt Minh, il aurait été victime d'un bombardement, dans une tranchée où il s'était réfugié. Ma mère est alors âgée de trois ans.

8 – La date de décès *22-2-1946* inscrite sur la tombe de Vũ văn Đãi est approximative : personne ne connaît le moment exact de sa mort, la tombe a été érigée autour de 1975, par les enfants de ses premiers mariages restés au Vietnam. D'après Nguyễn thị Lý, son mari aurait plutôt disparu au début de l'année 1947, lorsque leur deuxième enfant avait trois mois.

42

Juillet 2010.

Trois semaines avant le départ, l'octroi des bourses d'études nous est confirmé par le gouvernement chinois. L'emplacement exact de notre séjour nous est enfin communiqué: 武汉华中师范大学, une université de Wuhan, sur les rives du Yangzi Jiang, au centre de la Chine, à mille kilomètres au sud de Beijing. Aucun contact ni point de repère, les relations déjà établies à Beijing – notamment pour assurer des conditions de vie adéquates pour notre fille – s'avèrent soudainement inopérantes. Après un vent de panique et quatre jours de réflexion, nous décidons de partir. Et je prends comme un signe le fait que 武汉 (prononcer *ou rhane*) contienne le caractère 武 de « mon » nom.

44

二

Ma mère a tiré un trait sur son pays.
Ma grand-mère, sur l'oubli.

二

Image de Mao Zedong largement diffusée, datée du 16 juillet 1966. Âgé de 72 ans, le Grand Timonier démontre ce jour-là aux Chinois et au monde sa parfaite forme physique, en se faisant photographier à Wuhan en pleine traversée du Yangzi Jiang. Cet acte symbolique le rendra populaire auprès de la jeunesse chinoise, à la veille de la Révolution culturelle. Mao Zedong séjournait souvent à Wuhan, où se trouvait sa résidence d'été.

Au confluent du fleuve Bleu et de la rivière Han.

Wuhan (武汉) : capitale de la province du Hubei.

Ville sous-provinciale.

Superficie : 8494,4 km².

Population : ~10 000 000 d'habitants en 2010.

Dialecte local : wuhanais (武汉话).

Douzième ville la plus peuplée de Chine (2010), deuxième plus grande ville de l'intérieur, premier port fluvial du pays.

Historiquement, capitale de l'aile gauche du Guomindang (parti nationaliste) dans les années 1920 et capitale de guerre pendant la seconde guerre sino-japonaise (1937-1945).

Nœud routier et ferroviaire.

Train à grande vitesse reliant notamment Beijing (Pékin) et Guangzhou (Canton), ligne aérienne régulière vers Paris-Charles-de-Gaulle.

Ancien comptoir français, héberge de nombreuses sociétés françaises (dont Citroën).

Siège de l'une des quinze Alliances françaises (法语联盟) alors présentes en Chine, fondée en 2000 en collaboration avec l'Université de Wuhan (武大).

Climat : subtropical humide.

Surnommée l'un des trois «fours» de Chine en raison de ses températures estivales très élevées.

Pont de Wuhan (武汉长江大桥) : premier pont construit sur le Yangzi Jiang, 1 670 m de long, deux niveaux (trafic routier/voie ferrée), conçu avec le concours d'ingénieurs soviétiques et achevé en 1957.

Nombre de ressortissants suisses résidant sur place à notre arrivée : 1.

Wuhan se dé-re-construit. À perte de vue, rien ne semble conçu pour durer, un gigantesque chantier. Souvent je prends des chemins qui s'interrompent, ou des escaliers qui ne mènent nulle part. Architectures avortées, désordre et anarchie, ou peut-être, un certain ordre. Celui de l'instant et de l'adaptabilité.

外国人体格检查记录
PHYSICAL EXAMINATION RECORD FOR FOREIGNER

姓名 / Name: FREYMOND LISALI
性别 / Sex: ☐ 男 Male ☒ 女 Female
出生日期 / Date of birth: 2007 Y 12 M 12 D

现在通讯地址 / Present mailing address: BOX@FLOV.NET (MOTHER)

血型 / Blood Type: O+

国籍 / Nationality: SWISS
出生地址 / Place of birth: GENEVA (CH)

过去是否患有下列疾病 / Have you ever had any of the following diseases?

Disease	No	Yes	Disease	No	Yes
Typhus fever	☒	☐	Bacillary dysentery	☒	☐
Poliomyelitis	☒	☐	Brucellosis	☒	☐
Diphtheria	☒	☐	Viral hepatitis	☒	☐
Scarlet fever	☒	☐	Puerperal streptococcus infection	☒	☐
Relapsing fever	☒	☐			
Typhoid and paratyphoid fever	☒	☐	Epidemic cerebrospinal meningitis	☒	☐

过去是否患有下列危及公共秩序和安全的病症 / Do you have any of the following diseases or disorders endangering the Public order and security?

	No	Yes
Toxicomania	☒	☐
Mental confusion	☒	☐
Psychosis: Manic psychosis	☒	☐
Paranoid psychosis	☒	☐
Hallucinatory psychosis	☒	☐

身高 / Height: 84 cm
体重 / Weight: 11 kg
血压 / Blood pressure: — mmHg

Item	Finding	Item	Finding	Item	Finding
Development	normal	Nourishment	normal	Neck	normal
Vision L/R	normal	Corrected vision L/R		Eyes	normal
Colour sense	normal	Skin	normal	Lymph nodes	normal
Ears	normal	Nose	normal	Tonsils	normal
Heart	normal	Lungs	normal	Abdomen	normal

ENTREDEUX

Entrée en matière.

1ᵉʳ septembre. Enregistrement à la Central China Normal University. Une chambre d'étudiant de 20 m² nous est attribuée (salle d'eau comprise), au deuxième étage d'un des bâtiments regroupant les quelque 1000 étudiants étrangers du campus[9]. Nous passons la journée à nettoyer et désinfecter la pièce, laissée dans un état de saleté avancé par les précédents locataires (déchets, taches de gras, insectes écrasés). Le manque d'hygiène dans la cuisine communautaire nous persuade d'installer dans la chambre notre propre marmite à riz, nos lits se résument à des caisses en bois recouvertes de fins matelas durs, et je me fais difficilement à l'idée de côtoyer quotidiennement autant de cafards (vivants).

2 septembre. Contrôles médicaux (scrupuleux) par wagons d'étudiants.

3 septembre. Confiscation de nos passeports pour un temps indéterminé, en vue de l'obtention de visas longue durée (nous comptons les jours).

4 septembre. Conférence musclée de la police de secteur pour indiquer la conduite à adopter au sein du campus et alentour (nous nous habituerons plus tard à l'omniprésence de personnel en uniforme militaire).

Les jours suivants : recherche active d'une solution de garde pour Lisali. Finalement, quasi par miracle, 张蕾 – une résidente de l'immeuble d'en face – se présente.

---

[9] – Située dans le quartier universitaire de Wuchang (武昌区), en face de la Wuhan University (武大, 50 000 étudiants) et non loin de la Huazhong University of Science and Technology (华中科技大学, 36 000 étudiants), la Central China Normal University (武汉华中师范大学) regroupe environ 30 000 étudiants au total au moment de notre séjour.

ENTREDEUX

Je dois avoir six ou sept ans. Le spectacle de fin d'année scolaire portant sur les différents pays de la planète, la maîtresse m'affuble d'une perruque noire à chignon orné, et d'un kimono à fleurs. Je rougis (je ne suis pas japonaise), en proie à un sentiment d'impuissance et d'humiliation.

Expat.

Nous cherchons à Wuhan des lieux et des personnes liés à l'art contemporain, sans grand succès. Coïncidence, nous apprenons qu'une amie artiste participe à une exposition organisée par les Affaires culturelles françaises. Restée en Suisse, elle nous demande de prendre quelques photographies. Au vernissage : jeune curateur français sympathique mais (très) pressé, mélange consensuel d'artistes français et chinois, lieu (très) improbable, alignements de chinoiseries contemporaines, épais catalogue aux lettres dorées, consul de France et sa suite hexagonale, perdue sur les rives du Yangzi Jiang.

Colonial.

Les yeux de ma fille sont bleus, contrairement aux miens. Je zigzague avec elle en poussette entre les rayons d'un supermarché, lorsque j'entends parler français. Curieuse, je m'approche. Deux Françaises nous remarquent : l'une complimente discrètement Lisali auprès de son amie, tandis que le reste de la conversation porte sur ma personne en des termes clairement méprisants. Ces femmes ignorent que je saisis leurs propos, m'ayant prise pour la 阿姨 (nounou chinoise) de ma fille[10].

En Suisse, personne ne me comprend quand je parle de dureté : sur les photos, il manque les odeurs, la saleté, le vacarme, la proximité.

Je distingue derrière une foule animée, une femme d'une trentaine d'années vociférer sur son mari en l'empoignant par le col : les Wuhanaises sont réputées pour leur beauté et leur caractère de feu.

---

10 – Il s'agit là des deux seules interactions que nous aurons avec la communauté française peu après notre arrivée. Tout le reste du séjour se vivra (à dessein) hors des sphères d'expatriés.

J'ai vu le jour l'année du Tigre du calendrier lunaire, comme ma grand-mère qui se lamentait d'être née sous un signe de mauvais augure. Quotidiennement, j'attendais donc l'infortune (et m'étonnais que rien ne se manifeste).

ENTREDEUX

En Chine communiste, les gens investissent dans l'immobilier, les occasions de placer son argent étant rares et contrôlées par l'État. Les appartements vendus sur plans, souvent livrés bruts, sans portes ni fenêtres, créent ainsi d'étranges paysages bâtis : des alignements d'immeubles mités, partiellement occupés. Spéculation (un appartement neuf augmente la valeur du placement) et superstition (s'établir dans un lieu qui a déjà été habité peut porter malheur).

Nous photographions à plusieurs reprises une ancienne cheminée d'usine d'environ cinquante mètres, enserrée par la végétation. Nous comprenons que sa destruction est imminente le jour où des ouvriers en interdisent l'accès. Le lendemain, caméra en retrait, nous observons les travailleurs casser prudemment les briques au bas de l'édifice, pour les remplacer par des cales de bois. Deux heures plus tard, une fumée épaisse sort du conduit. Ils ont mis le feu aux cales. En quelques minutes, le monument s'écroule : ni machines ni explosifs, un périmètre aucunement sécurisé, mais une cheminée qui s'abat exactement à l'endroit prévu[11].

Le mot « maître » (师傅, prononcer *che fou*) peut désigner aussi bien un professeur d'arts martiaux, un religieux, qu'un homme potentiellement doté d'un savoir-faire particulier : maçon, coiffeur, charpentier, chauffeur de taxi, etc.

---

11 – *La réalisation des Chinois, ce fut de classer les phénomènes naturels, de développer des* instruments *scientifiques d'une grande précision pour leur époque, d'*observer *et d'*enregistrer *avec une persévérance qu'on retrouve assez peu ailleurs ; et s'ils purent (comme d'ailleurs tous les hommes du Moyen Âge, y compris les Européens) appliquer des hypothèses de type moderne, ils firent néanmoins, siècle après siècle, des expériences dont ils surent retrouver les résultats à volonté. Quand on dresse la liste des différentes formes d'activité scientifique en Chine, on voit difficilement comment quelqu'un pourrait nier leur appartenance à la science universelle dans ce qu'elle avait de plus rigoureux, aussi bien en ce qui concerne la biologie et la chimie, que l'astronomie et la physique ; à supposer, bien sûr, qu'on écarte tout* parti pris. Joseph Needham, *La Science chinoise et l'Occident*, Seuil, 1973, p. 47.

En 1950, Mao Zedong décide que seules les habitations situées au nord du Yangzi Jiang seraient pourvues de chauffage urbain (pas de chaudières individuelles en Chine, l'infrastructure étant centralisée au niveau des quartiers). Comme nous résidons cinq kilomètres au sud du fleuve, l'hiver nous semble long.

Hormis la brique, un motif récurrent dans l'espace urbain communiste est la catelle blanche rectangulaire allongée, disposée à la verticale qui, répétée, recouvre les bâtiments, rythme les murs.

Pensée modulaire.

Créer une variété extensible de formes à partir de composants standards et limités est un modèle typiquement chinois, et ce jusqu'en cuisine : pas de hiérarchie dans les plats, mais une composition de saveurs et de vertus, s'élaborant au gré des baguettes[12].

La cuisine demeure l'un des sujets de conversation privilégiés en Chine, chaque aliment possédant ses attributs propres, et aucun ne devant être combiné au hasard. Pour survivre à l'histoire et selon leur médecine traditionnelle, la population a fait de la nourriture un moyen simple de se soigner : un équilibre des goûts, où aujourd'hui encore se lisent en filigrane les effets sur la santé.

---

12 – Dès l'Antiquité, la Chine a développé une production de masse selon un système modulaire s'appliquant aux arts, au langage, à l'organisation sociale, à la cuisine... L'exemple par excellence : les quelque 50 000 caractères du système complexe et remarquablement stable de l'écriture chinoise sont le résultat de combinaisons produites à partir d'un répertoire d'environ 200 composants (cf. le caractère 琳, composé du radical 玉 (« jade ») et du caractère 林 (« forêt »), lui-même composé du pictogramme 木 (« arbre »)). L'écriture, ou la production de type modulaire, a ainsi contribué à forger et maintenir les structures de la société chinoise, à promouvoir son homogénéité et sa cohérence politique et culturelle.
À ce propos : Lothar Ledderose, *Ten Thousand Things: Module and Mass Production in Chinese Art*, Princeton University Press, 2000.

66

Un accès direct à la chair.

Le climat de Wuhan permet à ses habitants de procéder eux-mêmes au séchage de leur viande : de décembre à mars, saucisses, volailles, poissons, pendent aux balcons, câbles électriques, échafaudages en bambous, cadres de vélos, grillages, fenêtres...

Je marche dans les rues avec ma fille, quand j'aperçois un homme sur le trottoir entouré de poules vivantes, qu'il prépare à la demande. Une cliente potentielle s'approche, puis renonce. Lisali jette un coup d'œil, sans remarquer le sang dégoulinant sur les rebords du muret.

Ma grand-mère et ma mère se disputaient en vietnamien,
de sorte que je sentais la hargne sans en comprendre les mots.

Ma mère épluche les fruits et légumes la lame du couteau dirigée vers l'extérieur. Je me demande pourquoi j'ai assimilé le mouvement inverse.

La dureté de ma grand-mère n'a jamais engendré que des conflits.

Goût d'enfance.

Au rayon friandises, une vendeuse me tend une série de bonbons. Dans l'emballage, des boulettes épicées de bœuf séché.

À chaque fois que nous nous rendons dans un supermarché, je me dirige vers les aquariums. C'est là que Lisali observe poulpes, anguilles, crevettes, crabes, crapauds, tortues, serpents et autres bêtes vivantes destinées à la consommation.

J'apprivoise mon dégoût pour les pattes de poulets coupées (mais je n'en mange pas).

La pharmacopée chinoise use de nombreux extraits végétaux ou animaux à vertus médicinales. Derrière une vitrine, un ruban pourpre maintient des bois de cerfs dans une boîte dorée, à couvercle transparent. Les cornes ont été choisies recouvertes d'un fin duvet, à l'image du velours sur lequel elles reposent. Prix : 4200 元 (soit 600 francs suisses).

Chien.

Dans les grandes agglomérations, les animaux de compagnie font leur apparition. Malgré les dix millions d'habitants que comprend la ville, les chiens sont rarissimes dans les rues de Wuhan. Je finis par repérer un homme promenant le sien : ils traversent une petite place où se repose, joue, discute une vingtaine de personnes. Tandis que le chien défèque au beau milieu, leurs regards étonnés font face à la merde d'un animal qui, communément dans ce pays, se voit plutôt dans l'étal des bouchers.

À plat ventre, ma grand-mère aimait que je tambourine avec mes poings sur toute la surface de son corps.

Une fois en maison de retraite, ma grand-mère refusait de se faire laver par quelqu'un d'autre que moi. Dans l'intimité, elle me répétait alors le même épisode de sa vie. La honte liée à l'arrivée de ses premières règles.

(Im)pudeur.
Les femmes ici dévoilent – très haut – leurs jambes. Pas leurs seins. De sorte que tous mes décolletés sont inadéquats.

Il existe en Chine quantité d'instruments pour stimuler la circulation du sang : tiges de bambou pour (se) frapper le dos et les membres, bâtons munis d'une « fausse main » pour (se) gratter, outils pour (se) frotter la peau (刮痧, prononcer *goua cha*), baguettes à bout rond ou pointu pour (se) tapoter les muscles...

Wuhan me désempâte.

Dans un parc au matin, une femme vêtue d'un tailleur exécute une série de gestes lents. Ses mouvements ne correspondent à rien, si ce n'est à sa propre économie intérieure (je me fais la remarque qu'en Suisse, cette femme paraîtrait dérangée). Une fois la séquence terminée, elle ramasse son sac à main et s'en va. J'ai mis un temps fou à intégrer le fait qu'ici, absolument personne ne prête attention à moi quand j'exerce mon corps dans l'espace public.

Trois hygiènes du quotidien.
Les Chinois chantent (à tous âges), font la sieste (partout) et se massent (les uns les autres).

À Wuhan, les WC publics à la turque (parfois à l'occidentale) ont remplacé la majorité des anciennes toilettes communes, constituées de trous alignés, sans séparations. Plus confortable à priori, si ce n'est que les femmes prennent rarement la peine de faire la queue et ne voient pas l'utilité de fermer la porte.

La douleur par la douleur.

Je souffre d'un lumbago depuis plusieurs jours. 张蕾 m'introduit dans un hôpital de proximité, où je troque de justesse une perfusion – thérapie quasi automatique dans un hôpital chinois – pour deux séances d'acupuncture. Une infirmière m'indique une table de massage et m'enfonce profondément dans la fesse plusieurs aiguilles, auxquelles elle fixe une série de câbles reliés à un générateur électrique. Je lui signale mon seuil de tolérance et reste ainsi allongée une vingtaine de minutes, les muscles de ma fesse tressautant sous les impulsions. Abrupt, mais efficace.

Sortir dans la rue en pyjama à Wuhan n'a rien d'exceptionnel. Comme de combiner n'importe quel vêtement de n'importe quelle couleur (vive).

Il existe ici un nombre incalculable d'objets bon marché, que les gens s'évertuent à acheter en dépit de leur mauvaise qualité. Puisqu'aucun objet ne perdure, inutile de s'y attacher (la population chinoise est accoutumée aux changements rapides)[13].

---

13 – Les Chinois ont été contraints de s'adapter aux changements brusques de leur histoire. Plus précisément, une personne née au début du XXe siècle aura pu connaître :
– la fin de la dernière dynastie des Qing en 1911 et le passage à la République de Chine ;
– les réformes du Mouvement du 4 mai (1919) ;
– le massacre de Nankin en 1937, mettant fin à la décennie dite de Nankin (1927-1937) ;
– la seconde guerre sino-japonaise (1937-1945) ;
– la libération de 1949 et le passage à l'actuelle République populaire de Chine (RPC) ;
– la guerre de Corée (1950-1953) ;
– la répression suivant la campagne des Cent Fleurs (1957) ;
– la famine liée à la politique du Grand Bond en avant (1958-1960) ;
– la Révolution culturelle (1966-1976) ;
– les manifestations de la place Tian'anmen à Pékin (1989) ;
– les bouleversements dus à la forte croissance du pays, suite à l'instauration en 1978-79 d'une économie dite « socialiste de marché ».
À ce propos : Jacques Gernet, *Le Monde chinois*, Pocket, 2006.

Ma mère s'est imaginé ses filles entièrement suisses.

Wuhan fait se côtoyer différents niveaux sociaux, des plus riches aux plus démunis. Univers collectif, interstitiel, où intérieur et extérieur se confondent. Les habitations ne créent pas vraiment d'espaces privés, le dehors n'offre pas véritablement de lieux de repos. Le bruit, l'agitation sont permanents. L'attention à son propre corps n'en devient que plus accrue, unique sphère de l'intime, en déplacement parmi les autres.

Tout le monde dans ce pays dégage une étonnante vitalité. Un flux, une énergie, une circulation. Pas d'espace (à priori) pour la dépression.

Trouver sa voie. La seule règle efficace quand on entreprend de se faufiler à pied dans le trafic automobile pour atteindre le trottoir d'en face : ne jamais s'arrêter.

Outre son très jeune âge (les adultes ici se montrent particulièrement interactifs avec les enfants), Lisali réunit tout ce dont un·e Chinois·e pourrait rêver : peau blanche, yeux clairs, longs cils recourbés, cheveux châtains ondulés, petit nez fin… provoquant à peu près partout où nous circulons des acclamations, attroupements enthousiastes et séances de photos imposées. Au bout de quelques mois, elle insiste pour fixer sur la poussette un tissu derrière lequel se dissimuler.

En chinois, le mot « pays » s'écrit 国家 (prononcer *gouo tia*), 国 signifiant la nation, 家 la famille. Les quelque 1,4 milliard de personnes constituant le peuple chinois forment une grande famille : tout le monde se désigne par « grand-père », « grand-mère », « oncle », « tante », « grand/petit frère », « grande/petite sœur ». Depuis mon enfance, j'appelle tous les amis de ma mère « Tonton » ou « Tata ».

ENTREDEUX

Étouffer.

Dans notre chambre d'étudiant, seule la fenêtre de nos écrans connectés à l'Internet agrandit l'espace : une ouverture, qui de jour en jour semble rétrécir telle une peau de chagrin[14].

Mai 2011, la Wuhan University accueille 方滨兴, directeur de la Beijing University of Posts and Telecommunications et responsable de la censure de l'Internet chinois, le « Great Firewall of China ». Sans doute en écho à un précédent célèbre[15], celui-ci est atteint à la poitrine en pleine conférence par un jet de chaussure appartenant à 寒君依, étudiante à la Huazhong University of Science and Technology. La jeune femme, immédiatement protégée par ses condisciples, se verra élevée au rang d'héroïne au sein de la blogosphère chinoise.

35 mai.

La joueuse de tennis 李娜 (originaire de Wuhan) gagne Roland-Garros le 4 juin 2011 et devient la première joueuse asiatique à remporter un tournoi du Grand Chelem en simple. À la fin du match, en présence de l'ambassadeur de Chine, elle remercie son équipe, son public, le personnel et souhaite curieusement « bon anniversaire » à un ami[16].

---

14 – De nombreux sites auxquels nous avions accès dans un premier temps sont progressivement bloqués. De 2010 à 2011 en effet, par peur de la contagion des révolutions du « Printemps arabe », la censure de l'Internet chinois est nettement renforcée et des dizaines d'activistes sont arrêtés. Autour de nous, de nombreux moyens technologiques sont cependant utilisés par les étudiants pour détourner la censure.

15 – En 2008, lors d'une conférence de presse à Bagdad, un journaliste irakien jette deux chaussures en direction du président George W. Bush, tout en l'insultant.

16 – Juste après sa victoire, 李娜 prononce un discours anticonformiste (c'est-à-dire non patriotique) et fait allusion à l'anniversaire du massacre de la place Tian'anmen. La date du 35 mai (五月三十五日), inventée par les internautes pour contourner la censure, désigne les événements du 4 juin 1989 qui, aujourd'hui encore, restent un sujet tabou en RPC (banni des livres d'histoire, des programmes d'enseignement, des médias, etc.).

Dans ce que je perçois des séries télévisées, karaoké ou clips vidéo, je m'étonne de voir les hommes pleurer autant (si ce n'est plus) que les femmes.

Intonation.
Les gens me comprennent mal quand j'oublie de mobiliser ma présence physique, mon souffle, mon affectivité dans les mots. Par contraste, le français m'apparaît comme une langue aux reliefs contenus.

Condensé.
J'écris plus vite mes SMS en chinois qu'en français, chaque caractère contenant en lui-même plus de sens que n'importe quelle lettre de notre alphabet: la révolution numérique a profondément modifié l'accès à l'écriture chinoise qui, menacée de disparaître du temps de Mao en raison de sa complexité, est aujourd'hui promue au rang de fierté nationale et culturelle du pays.

Correspondances.
Les Chinois fonctionnent selon une logique de l'appariement, par associations – similitudes – et excellent dans l'art de l'allusion, jeu auquel la langue se prête tout particulièrement. Ainsi l'utilisation des chiffres par la jeune génération, comme «748» (prononcer *tsi seu ba*) phonétiquement proche de 去死吧 (prononcer *tsu seu ba*) et signifiant «va te faire foutre», ou «88» (prononcer *baba*) pour dire «bye bye». Ainsi l'artiste Ai Weiwei et sa réappropriation en 2009 du symbole de résistance 草泥马 (prononcer *tsao ni ma*), «le cheval de l'herbe et de la boue»,

Ma mère compare souvent la forme de mon front à celui de sa mère, typique des têtes de mule.

quasi homophone de 肏你妈, « nique ta mère », dans le contexte clairement adressé au pouvoir en place[17].

---

17 – « Le cheval de l'herbe et de la boue », animal créé de toute pièce en 2009, a très rapidement gagné en popularité. Sorte d'alpaga, il est devenu un symbole de la résistance contre la censure de l'Internet chinois. Cette même année, Ai Weiwei (艾未未) – l'un des artistes contemporains chinois les plus médiatisés en Occident – publie une série d'autoportraits le représentant nu avec un 草泥马 en peluche cachant ses parties génitales. Le sous-entendu injurieux de l'intitulé « 草泥马挡中央 » (« Le cheval de l'herbe et de la boue résiste au centre ») n'échappe à personne. Critique vis-à-vis du pouvoir en place, Ai Weiwei provoque à diverses reprises les remontrances du gouvernement chinois pour la dimension subversive de son travail. Lors de notre séjour en 2011, les médias relaient son arrestation par la police (Ai Weiwei sera libéré sous conditions plus de deux mois plus tard et assigné à résidence).

Wuhan abrite un musée de « pierres étranges » (武汉中华奇石馆) exposant quelque trois mille pièces. Au centre d'une des salles, une immense table circulaire présente toute une série d'assiettes contenant différents types d'aliments. À y regarder de plus près, nous constatons qu'il s'agit là exclusivement de pierres simulant l'apparence de la nourriture (viandes, poissons, légumes, fruits...).

Dureté en mouvement.

À maintes reprises, j'ai l'occasion de découvrir les fameuses pierres de lettrés, les 供石 (prononcer *gong che*), observées jusque-là dans les livres : corps solides parsemés de trous, de circonvolutions, dont le socle unique en bois sculpté épouse parfaitement la forme. (Le mythe voudrait qu'une véritable pierre de lettré soit plongée plusieurs siècles au fond des eaux, pour qu'une fois ressortie y figurent les « gestes » de la nature.)

Corps-paysage.

Selon la pensée taoïste, le corps humain (microcosme) correspondrait en tout point au monde du dehors (macrocosme) et en serait la fidèle représentation. Il en découle une interdépendance entre l'homme et ce qui l'entoure, une indistinction où à l'équilibre du dedans répondrait celui du dehors. Le corps : un paysage symbolique avec ses astres, ses monts, ses nuages, ses vallées, ses demeures, ses forêts, ses rivières...[18]

---

18 – Dans le même ordre d'idée : « Les Anciens croyaient que la Terre, à l'instar du corps humain, avait son pouls et ses artères, et ils retrouvaient dans les lignes des montagnes, l'expression des mouvements de ces courants intérieurs. » Shitao, *Les Propos sur la peinture du moine Citrouille-amère*, traduction et commentaire de Pierre Ryckmans, Hermann, 1984, chapitre XIII, note 1, p. 101. À ce propos : Kristofer Schipper, *Le Corps taoïste. Corps physique – corps social*, Fayard, 1997.

Montagnes.

Il règne partout ici une réelle fascination pour certaines pierres. Parcs, cours d'immeubles abondent en agencements de roches appelées «fausses montagnes» (假山, prononcer *tia chane*), reprenant les peintures traditionnelles de «paysage»: 山水 (prononcer *chane chouée*, littéralement «montagne-s/eau-x»). L'association des caractères 山 et 水 joue ainsi sur la corrélation, la mise en tension de deux opposés (stabilité/fluidité, enracinement/écoulement, verticalité/horizontalité...) et par là même, s'intéresse à ce qui se déroule *entre* ces opposés. On peut considérer que l'être humain en Chine se conçoit également dans cet «entre», donc *dans* le paysage, plutôt que comme sujet contemplant du dehors un paysage-objet: en peinture traditionnelle, 山水 se perçoit comme un lieu d'échanges entre «moi» et «le monde», un paysage *à vivre* plutôt qu'à représenter. La réflexion ne se fait pas en terme de «beau» (*mimêsis*), mais en terme d'intensité: dans quelle mesure le paysage (peint) peut-il être «habité»[19].

---

19 – À ce propos: François Jullien, *Vivre de paysage ou L'impensé de la Raison*, Gallimard, 2014. Shitao, *ibid.*, chapitre VIII («Le paysage», ici traduit des caractères 山川, «Les Monts et les Fleuves»), pp. 67-74 et chapitre XIII («Océan et vagues»), pp. 99-102.

Ma grand-mère récitait par cœur des poèmes et proverbes de la littérature française.

Nous marchons dans les couloirs de la Faculté des Beaux-Arts du campus et regardons – non sans interrogation – les étudiants passer le plus clair de leur temps à reproduire à l'identique des modèles occidentaux de peintures ou sculptures datant de l'époque moderne[20].

En chinois, « apprendre » se dit 学习 (prononcer *sué sí*), soit 学 (« imiter »), suivi de 习 (« répéter »).

Mutations.
En Occident, la reproduction en art est généralement catégorisée comme l'inverse de la créativité, une créativité corrélée à l'exigence de nouveauté : l'art occidental semble avoir voulu abréger le processus de création en l'accélérant, l'ambition étant de créer du neuf. Ici, l'idée de distinction entre original et reproduction est inopérante. Aux fondements de la pensée chinoise, la créativité humaine se trouve étroitement liée à celle de la nature. Ainsi, la peinture traditionnelle ne porte pas l'attention sur le mimétisme ou le réalisme, il est plutôt question de capturer la vie, en prenant pour modèle les principes (de transformations) de la nature. Or, la reproduction est un phénomène de la nature (où de la répétition émerge le changement).

---

20 – *Mais peut-on véritablement emprunter un outil artistique comme on se fait prêter un balai par un voisin ? En art, n'est-on pas précisément dans le cas où il est impossible de séparer les procédures techniques des modifications imaginaires dont elles ont été les productrices et les médiums ?* Marie-José Mondzain, *Transparence, opacité*, Cercle d'Art, 1999, p. 26.

De l'imperfection intentionnelle (ou pas).

Au-delà de la standardisation des unités – modules – donnant une impression de parfaite duplication, on discerne en réalité dans la production d'objets chinois de petites différences permettant de rendre les pièces uniques : *Tout ce qui possède des règles constantes doit nécessairement avoir aussi des modalités variables. S'il y a règle, il faut qu'il y ait changement. Partant de la connaissance des constantes, on peut s'appliquer à modifier les variables ; du moment que l'on sait la règle, il faut s'appliquer à transformer*[21].

---

21 – Shitao, *op. cit.*, p. 33.

Signes.

Au temple, personne ne quitte les lieux sans avoir au moins une fois retracé le caractère 福 («bonheur», prononcer *fou*)[22], gravé dans la pierre. Pour attirer la bonne fortune, chacun-e promène ainsi son doigt dans le sillage des traits creusés dans la roche, immortalisant le caractère.

[...] parce qu'elle dissocie le signe et la chose pensée, l'écriture alphabétique suggère qu'il existe au-delà des signes visibles un domaine des idées, un monde d'identités abstraites que nos sens ne peuvent atteindre mais que notre esprit peut concevoir. Elle invite à se représenter comme une ascension vers la vérité le passage des sons aux mots, des mots aux pensées, des pensées aux idées en soi. Associant au contraire étroitement le signe et la chose pensée, l'écriture chinoise fait plutôt concevoir le signe comme une pensée et la pensée comme un signe, ou le signe comme une chose perçue et la chose perçue comme un signe. Elle incite moins à chercher derrière les signes visibles des réalités abstraites qu'à étudier les relations, les configurations, les récurrences de phénomènes qui sont des signes et de signes qui sont des phénomènes, à s'interroger sur la dynamique de leurs apparitions et de leurs disparitions[23].

---

22 – Le caractère 福 – ci-contre photographié à Dazu (大足) près de la ville de Chongqing (重庆) – est un signe de bon augure très courant en Chine. On le voit circuler à maintes occasions, notamment à la Fête du Printemps (春节, le Nouvel An chinois), fête la plus importante célébrée chaque année durant quinze jours. 福 signifie «faveur céleste», «bonheur», «prospérité», «félicité», «bien», «bénédiction», ou encore «riche», «bien pourvu de».

23 – Jean François Billeter, *op. cit.*, p. 16.

Ma grand-mère semblait immortelle.

二

98

ENTREDEUX

Perméabilité.

Je déambule dans le campus et bifurque sur un sentier menant dans une forêt. Zone intermédiaire, dépotoir, non-lieu sauvage. Je longe à travers la végétation un vestige de canalisations éventrant la terre, jusqu'à me retrouver entourée de tombes éparses, la plupart datant des années 1950. Au-delà des branchages, la Faculté des Beaux-Arts et plusieurs autres bâtiments de l'université.

三

Qu'est ce que voir, qu'est-ce que montrer, dans un pays où l'écriture et la lecture relèvent de tout autres mécanismes que de ceux qui nous sont familiers ? L'absence d'alphabet, l'inscription tonale des variations du sens, la multiplication des homophonies, une grande économie grammaticale laissant aux usages la liberté des configurations et au contexte celle des interprétations – autant de paramètres, parmi d'autres, qui témoignent d'une véritable liberté au cœur de la parole. Premier paradoxe pour qui pense aborder un monde marqué par l'oppression et les contrôles les plus autoritaires. Il y a, dans la langue chinoise, infiniment moins de contraintes et de rigidités que dans la nôtre. Le poids des règles et des normes n'agit pas dans le même espace symbolique que celui des cultures européennes. C'est à l'intérieur de langues très normatives que nous avons exercé notre pensée de la liberté. De plus, parler est pour nous le minimum requis pour partager du sens et la parole porte le poids des exigences de vérité. Donner sa parole est, pour nous, entrer dans la temporalité du contrat ; en Chine, il semble qu'aucune temporalité ne se détache de celle où se trament la vie et la mort des êtres et des choses[24].

---

24 – Marie-José Mondzain, *op. cit.*, pp. 8-9.

Nguyễn thị Lý est décédée, nonante-six jours avant la naissance de ma fille. Dans un coin d'une chambre, ma mère lui a érigé un autel, sur lequel elle dépose ponctuellement de la nourriture en offrande[25].

---

25 – Le culte des ancêtres est, aujourd'hui encore, l'un des fondements de la structure familiale traditionnelle au Vietnam. Il est étroitement lié à la notion sino-vietnamienne de piété filiale : *hiếu*, en chinois 孝 (une personne âgée 老 s'appuyant sur un enfant 子). Reposant sur la conviction que l'âme du défunt survit après la mort et protège sa descendance, il implique une vénération de l'ensemble des ancêtres de la lignée. Dans les faits, il concerne essentiellement la mémoire des parents décédés, auxquels les enfants ont le devoir de témoigner affection, reconnaissance et piété (d'où la présence d'autels dans les demeures).

Wuhan est divisée par le plus long fleuve d'Asie (6380 km), un dragon de boue. Je me laisse ébranler par ses ponts et nos interminables traversées à pied pour gagner l'autre rive.

Je réalise que dans le parler français de ma mère, le présent l'emporte systématiquement sur les autres temps du verbe[26].

---

26 – À l'instar du chinois, les temps du verbe n'existent pas en vietnamien. En chinois, le temps de l'action est rendu implicite par le contexte, la présence d'indicateurs temporels et/ou de certaines particules modales.

思想

En Occident, la tête est le siège de la pensée, le cœur, celui des sentiments. En Chine, on pense avec le cœur[27].

Incarnation.

Un maître – d'arts martiaux ou de calligraphie – chinois ne donne pas d'explications : il montre les gestes (le chemin s'approfondissant par la lente répétition de ces mêmes gestes). Une valeur accordée à l'expérience, qui se passe de paroles.

Par deux fois, à Wuhan puis plus tard en Suisse, des connaissances chinoises nous inviteront à leur domicile pour apprendre à confectionner et déguster ensemble des raviolis. Un signe sensible d'amitié (naissante).

林丽 m'aide chaque semaine à maintenir mon niveau de langue oral. Quand je ne saisis pas un mot, elle m'écrit le caractère correspondant sur un papier. Une fois sur trois, le caractère lui échappe. Après le passage au numérique et sept ans de vie en Europe, ses gestes d'écriture se perdent.

---

27 – Les caractères 思想 signifiant « penser » contiennent tous deux le radical 心, synonyme de « cœur ».

108

ENTREDEUX

110

Comme de coutume en Chine, je me déplace rarement sans mon 杯子 (prononcer *bé dze*), petit thermos muni d'un filtre et servant essentiellement à contenir du thé (ou de l'eau). Le mien est en verre, laissant observer en transparence les feuilles s'y déployer, ou la couleur du liquide indiquer le moment propice.

La Chine cultive une infinité de thés, vendus en vrac, aux senteurs les plus variées : 红茶 (thé noir), 绿茶 (thé vert), 乌龙茶 (oolong), 普洱茶 (pu-erh), 白茶 (thé blanc), 黄茶 (thé jaune)… Ce qui n'empêche pas la jeune génération de choisir fièrement le plus quelconque des thés Lipton (en sachet), histoire de faire « comme en Occident ».

L'une de mes théières préférées reste celle dénichée dans une échoppe située près d'un temple à Wuhan. De style *Xi Shi* [28], en terre cuite ordinaire, elle n'a pourtant rien des fameuses théières de Yixing[29].

Il n'y a qu'un seul thé dont la saveur me projette instantanément en Chine. Celui que m'achetait 张蕾 au marché, que je buvais quotidiennement, et dont j'aime à inspirer avidement le parfum les yeux fermés.

---

28 – Forme de théière tout en rondeur, s'inspirant de la figure légendaire de Xi Shi (西施), l'une des quatre beautés de la Chine antique.

29 – Spécialement conçues pour mettre en avant les arômes et saveurs des thés infusant à haute température, les théières produites à base de grès d'argile de Yixing (宜兴, province du Jiangsu), sont les plus renommées.

功夫茶

Rien ne remplace ce moment précis. L'instant où, après avoir rincé les feuilles une première fois puis jeté l'eau, l'odeur incrustée dans le couvercle encore fumant, condensée dans l'étroit récipient, se déploie avec force, laissant présager des arômes à venir[30].

---

30 - *Gong Fu Cha (功夫茶) pourrait se traduire par « infuser le thé avec méthode et application » ou tout simplement par « le temps du thé ». À la fois mode de préparation et art de dégustation, le Gong Fu Cha, aujourd'hui encore, se rattache à un geste social de convivialité. Les théières utilisées pour le Gong Fu Cha étonnent souvent les Occidentaux par leur contenance restreinte, qui dépasse rarement 10 à 15 cl. De fait, parce qu'elle procède par infusions successives, la dégustation du Gong Fu Cha s'apparente à un cheminement au cours duquel la feuille de thé livre progressivement ses secrets.* François-Xavier Delmas, Mathias Minet et Christine Barbaste, *Le Guide de dégustation de l'amateur de thé*, Chêne, 2011, p. 106.

114

Couramment à la sortie des commerces, le personnel lance un « 慢走啊 ! » (prononcer *mane dzoo a*), soit : « Va (allez) lentement ! »

Table des illustrations

24	Paysage du Nord Vietnam, photographié par l'autrice en 1997
29	Florence Vuilleumier, *44-74-08,* 2010, photographies (triptyque), 59,4×42 cm
34	Les caractères 武琳 calligraphiés par Wang Fei (王飞) dans son atelier Le Poisson Mandarin à Genève
38	Portrait de Vũ văn Đãi en 1942 (archive de l'autrice)
40	Nguyễn thị Lý et Vũ văn Đãi au Vietnam en 1939 (archive de l'autrice)
41	Tombe de Vũ văn Đãi photographiée par l'autrice en 1997
48-49	Pont de Wuhan (武汉长江大桥) photographié par Pierre-Philippe Freymond en 2010
54	Formulaire médical transmis aux autorités chinoises
56	Quartier de Wuhan en destruction, photographié par l'autrice en 2011
57	Immeubles au centre-ville de Wuhan, photographiés par Pierre-Philippe Freymond en 2010
61	Dessin effectué par l'autrice en 2005
62	Florence Vuilleumier, 武汉 *(Wuhan)*, 2011, photographie, 70×46,5 cm
69	«Lisali jette un coup d'œil, sans remarquer le sang dégoulinant sur les rebords du muret.» (p.67)
74	Florence Vuilleumier, *Botanic garden*, 2011, photographie, 41,4×55,2 cm
78	L'autrice photographiée par Pierre-Philippe Freymond dans leur chambre d'étudiants en 2011
84-85	Florence Vuilleumier & Pierre-Philippe Freymond, *Écume*, 2016, sérigraphie, 70×91 cm
94	Le caractère 福 photographié par Pierre-Philippe Freymond en 2015 à Dazu, près de la ville de Chongqing
98	Florence Vuilleumier, 森林, 2012, photographies (détail d'un triptyque), 170×113 cm
102	Florence Vuilleumier, *Stone I* (岩), 2011, dessin, encre sur papier, 214×130 cm
108	Florence Vuilleumier, 森林, 2012, photographies (détail d'un triptyque), 170×113 cm
117	Sceau: les caractères 武琳 gravés en écriture sigillaire
120-23	Peintures effectuées à Wuhan par Lisali à l'âge de trois ans

120

ENTREDEUX

Pierre-Philippe Freymond

Pierre(s)

Comme dans un film ou dans un rêve, je marche dans la rue au milieu d'une foule grouillante ; derrière moi quelqu'un m'appelle par un nom inconnu, je me reconnais et me retourne. Est-il réellement possible de s'appeler autrement ? C'est pourtant ce qui m'est arrivé : je me nomme 安岩.

Elle s'active pour nous trois depuis plusieurs semaines. Recherches généalogiques, résonances phonétiques, sémiologiques, esthétiques : trouver un nom chinois n'est pas une mince affaire, et les algorithmes de traduction automatiques produisent des effets souvent comiques. De mon côté, je n'entre pas trop en matière, mais il faudra pourtant qu'on m'en invente un avant le départ, les Chinois sont incapables de prononcer le mien… Finalement, elle trouvera pour elle-même, alors que celui de notre fille se stabilisera en Chine[1].

Quant au mien, c'est 王飞 (Wang Fei), maître calligraphe, chargé de cours à l'Université de Genève, qui m'aura permis de garder

---

1 – Notre fille se nomme 安心 (An Xin). Le deuxième caractère 心 désigne le cœur et a été choisi par les personnes qui se sont occupées d'elle âgée de 2-3 ans lors de notre résidence à Wuhan, entre 2010 et 2011. Traditionnellement en Chine, les enfants ne sont pas baptisés à la naissance, mais quelques mois après. Le nom répond ainsi à la double contrainte de transmettre un patronyme et de s'ajuster à une personnalité. Les caractères 安心 signifient ensemble « cœur tranquille », car d'après 张蕾 (Zhang Lei) sa nounou chinoise, « quand on la voit, on se sent apaisé ».

une forme de cohérence dans cette délicate opération qui va bien au-delà de la simple translittération. Le premier caractère 安 (An) correspond à mon nom de famille, le second 岩 (Yan) à mon prénom. 安 est un idéogramme, sorte de schéma fonctionnant par association d'idées. Il représente une femme 女 sous un toit 宀 et signifie : 1. installer, poser ; 2. la paix, le calme. Il est relié au sens étymologique de mon nom de famille Freymond, d'origine germanique, que j'ai découvert à cette occasion : *Fried-Mund*.

Je porte un prénom composé inhabituel en français, deux prénoms accolés qui depuis toujours pour moi n'en forment qu'un seul, une chimère. Il a pourtant fallu choisir. *Philippe*, le second, vient du grec θιλιππος, « qui aime les chevaux » : je n'aime pas particulièrement les chevaux, *Pierre* portait plus de sens pour moi. Le mot « pierre » s'écrit 石 (*shi*) en chinois, que l'on retrouve dans 岩 surmonté de 山 (*shan*), la montagne. Le caractère 岩 désigne donc la roche ou la falaise. 山 fait référence à mes origines helvétiques et à mon intérêt pour la géologie, le paysage et le territoire, 石 au sens de mon prénom français. Le tout produit une résonnance supplémentaire du côté de 岩画 (*yan hua*), les peintures ou gravures pariétales. Mais ce n'est pas tout : 石 représente une pierre 口 tombée de la paroi d'une grotte ou d'une falaise 厂. Dans la tradition chinoise, cette grotte a une dimension cosmique, c'est le monde dans lequel nous vivons. Le côté rock and roll m'a plu.

$CaCO_3$

Le calcaire est une roche sédimentaire composée essentiellement de carbonate de calcium ($CaCO_3$) cristallisé, sous forme de calcite ou d'aragonite. C'est une roche dite organogène, parce qu'elle est issue de l'activité d'organismes vivants dans la biosphère, comme le charbon ou le pétrole. Elle est le produit d'un lent processus d'accumulation des restes de milliards de milliards d'animaux à coquilles ou squelettes calcaires, mollusques, foraminifères, échinodermes, coraux. Il est plus rarement produit par précipitation chimique à partir de sa forme solubilisée dans l'eau. Lorsque je vais au travail le matin à Genève, je longe le lac à vélo ; j'ai face à moi les carrières qui éventrent le Salève et qui montrent les strates calcaires comme les feuillets d'un immense registre, accumulés un à un, les plus anciens au bas. Certains jours d'hiver, l'eau peu profonde de la rade est d'une clarté cristalline, il suffit alors que sa température monte un peu, diminuant la concentration de CO_2 en solution, pour que le point de précipitation du $CaCO_3$ soit atteint, déposant une fine couche claire et floconneuse sur le fond.

Les calcaires recouvrent près d'un cinquième des surfaces continentales, on les trouve partout et il en existe de toutes sortes. Ils forment des nappes colossales en millefeuille, posées, tirées, plissées sur les socles granitiques des boucliers continentaux, bien plus massifs encore. En marchant dans le Jura ou les Préalpes de mon enfance, je n'en vois que la surface, là où les roches affleurantes subissent toutes l'effet de l'*érosion*. C'est comme une lente abrasion, un pourrissement dû aux vents, aux tempêtes, aux chocs thermiques, aux gels (j'aime le mot *gélifraction*), aux glissements des glaciers, à l'écoulement continu des eaux qui poussent limons et caillasses : tout part en miettes ! Les calcaires subissent de plus un phénomène qui leur est propre : ils sont solubles dans l'eau, littéralement ils peuvent fondre. On retrouve les carbonates en solution dans une eau qu'on qualifiera alors de *dure*. Elle s'infiltre dans les fissures, les agrandit, les modèle en goulets, forme des réseaux de rigoles (les lapiez), des entonnoirs (les dolines), des gouffres et des cavernes. Puis cette eau percolante va déposer par endroits sa charge de minéraux dissous en drapés laiteux de calcite, recouvrant la roche d'une gelée jaune-beige, parfois teintée de rouille, stalactites et stalagmites.

Ces processus donnent naissance à des paysages singuliers, que l'on appelle karstiques, du nom de la région se trouvant en Slovénie derrière Trieste, et dont la géologie produit un imaginaire particulier, semblant parfois matérialiser l'inquiétante étrangeté du rêve. Dans un karst, le réseau hydrographique est en grande partie souterrain. Les rivières surgissent puis disparaissent, s'engouffrant sous terre, les lacs se vident de l'intérieur, sans effluents. Le paysage est par endroits criblé de gouffres et de grottes, parcouru de canyons, des affaissements soudains manifestent l'existence de digestions souterraines. Partout affleurent mille traces de vies pétrifiées, venues du fond des âges.

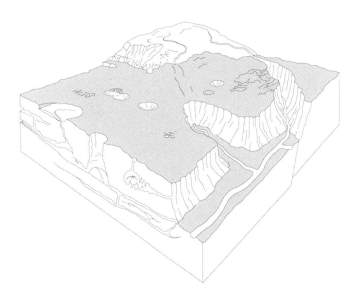

Pierre-Philippe Freymond, dessin tiré de la série Screening, *2012 – en cours, dimensions variables.*

L'eau circulant à travers ces roches produit de fortes contraintes physiques liées à la mécanique des fluides : écoulements linéaires devenant turbulents, accélérations-décélérations, chutes en conduits fermés accompagnés de puissants changements de pression à leur ouverture. Combinés avec la dissolution chimique du carbonate, ces phénomènes produisent un modelé apparent de la roche fortement marqué par toutes les modalités d'écoulement d'un fluide. C'est au point que la surface des formes produites semble comme une empreinte, presque un moulage, matérialisant en négatif le passage du liquide qui lentement s'est frayé un espace à la dimension de son débit, a lissé les courbes, arrondi les obstacles, creusé des poches de turbulences. Puis dans la profondeur de ces grottes humides, cette eau par endroits s'évapore, et dépose sa charge minérale en léchant des plis de pierre.

Le Jura a donné son nom à une ère géologique, mais on retrouve de tels systèmes partout dans le monde, et fait particulier, dans de nombreuses cultures on les trouve, comme les volcans, souvent associés à des mécanismes d'élection du paysage : on pourrait presque parler de prégnance karstique. Les falaises d'Étretat, le Jura de Courbet, la montagne Sainte-Victoire ou les carrières de Bibemus en sont des exemples structurants. Comme les impressionnistes, Cézanne peignait « sur le motif » en extérieur, et ce face-à-face tangible avec le paysage a posé non seulement un changement d'échelle, mais également une volonté radicale d'aller chercher dans une extériorité (un ailleurs de l'atelier), une vérité du regard et donc de la peinture, c'est-à-dire de l'activité artistique. Je mets en lien ce moment particulier de l'histoire de l'art européen avec l'irruption du japonisme, qui dans la deuxième moitié du XIXe siècle a ouvert une fenêtre esthétique sur l'Orient extrême, accompagnant les grandes manœuvres coloniales[2].

L'analogie thématique entre les vues du mont Fuji et celles de la Sainte-Victoire est en effet troublante, mais ambiguë. Si Cézanne connaissait sans doute bien l'*ukiyo-e* – il avait probablement vu les estampes d'Hiroshige et d'Hokusai au pavillon japonais de l'Exposition universelle de 1878 – il refusait d'y être associé : « Gauguin n'était pas peintre, il n'a fait que des images chinoises[3]. » Sans doute faisait-il là allusion au traitement des volumes en aplats et au cloisonisme, qu'il récusait avec véhémence. Pourtant le dia-

---

[2] – Le japonisme s'est présenté comme un effet de mode, tôt remplacé dans l'imaginaire occidental par un autre avatar colonial, celui du « péril jaune ». Pourtant il est remarquable de constater à quel point l'Occident jusqu'à aujourd'hui se représente l'Asie au travers du prisme de la culture japonaise. L'esthétique du quotidien, le design, le cinéma, le zen, les arts martiaux, les mangas, jusqu'à l'écriture idéographique, tout semble avoir du côté du Japon une sorte de tangibilité saisissable, alors même que la Chine reste largement insaisissable, irreprésentable. Le paradoxe est qu'une grande partie de ce que nous croyons saisir de cette manière est en réalité d'origine chinoise.

[3] – Émile Bernard, *Souvenirs sur Paul Cézanne*, Mercure de France, 1907, p. 118, recontextualisé dans *Conversations avec Cézanne*, textes présentés et annotés par Michael Doran, Macula, 2011, p. 226.

logue qu'il eut avec Émile Bernard un jour de 1904 lors d'une promenade, laisse apparaître ce qui me semble être un anti-idéalisme (ou un pragmatisme) d'une étonnante proximité sensible avec la philosophie de l'art extrême-oriental :

CÉZANNE — *Il faut se faire une optique, il faut voir la nature comme si personne ne l'avait vue avant vous.*

BERNARD — *Vous êtes un nouveau Descartes, vous voulez oublier vos prédécesseurs, pour reconstruire le monde en vous-même.*

CÉZANNE — *Je ne sais pas qui je suis. Étant peintre, je dois être un œil original.*

BERNARD — *N'en résultera-t-il pas une vision trop personnelle, incompréhensible aux autres hommes ? Car enfin, peindre n'est-ce pas comme parler ? Lorsque je parle, j'emploie la langue dont vous usez ; me comprendriez-vous si je m'en étais fait une nouvelle, inconnue ? C'est avec le langage de tous qu'il faut exprimer des idées nouvelles. Peut-être est-ce le seul moyen de les faire valoir et de les faire admettre.*

CÉZANNE — *J'entends par optique une vision logique, c'est-à-dire sans rien d'absurde.*

BERNARD — *Mais sur quoi ferez-vous reposer votre optique, Maître ?*

CÉZANNE — *Sur la nature.*

BERNARD — *Qu'entendez-vous par ce mot ? S'agit-il de notre nature ou de la nature elle-même ?*

CÉZANNE — *Il s'agit des deux.*

BERNARD — *Vous concevez donc l'art comme une union de l'Univers et de l'individu ?*

CÉZANNE — *Je le conçois comme une aperception personnelle. Je place cette aperception dans la sensation, et je demande à l'intelligence de l'organiser en œuvre*[4].

---

4 – Émile Bernard, *Une conversation avec Cézanne*, Mercure de France, CXLVIII, 1921, p. 372.

En Chine aussi, le karst élabore au cours des siècles l'imaginaire du paysage, comme dans la région de Guilin, avec ses juxtapositions de pitons calcaires anciens érodés en pains de sucre, entre lesquels se faufilent des rivières sinueuses aujourd'hui saturées de bateaux-mouches débordants de touristes. Ou encore dans la forêt de pierres 石林 (Shilin) près de Kunming ou dans le 武隆喀斯特 (Wulong kasite), le karst de Wulong près de Chongqing.

En chinois, le mot paysage se dit 山水, littéralement « montagne – eau[5] ». Je ne peux m'empêcher de relier naïvement la géologie particulière du karst et le mot chinois qui désigne le paysage. Et plus encore que le mot, son esprit, indissociable en Chine de l'acte de peindre et de la culture lettrée, puisqu'on écrit en peignant, utilisant ainsi une écriture qui n'est pas phonétique, mais qui dépeint :

---

5 – Cf. notes 19, p. 89.

飛雲巖　　　*Nuages et rochers volants*

135	吾聞山出雲，	*Je sens la montagne exhaler des nuages,*
	巖則雲之室。	*Les nuages logent dans les rochers.*
	茲巖雲所爲，	*Chaque roche son nuage,*
	雲與山爲一。	*Nuages et montagne ne font qu'un.*
	山雲老亦堅，	*Les montagnes-nuages durcissent avec le temps,*
	浮者化而實。	*De flottantes elles redeviennent solides.*
	初至怯空遊，	*On craint d'abord de tomber dans le vide,*
	梯磴乃歷歷。	*Mais chaque marche est bien visible.*
	下上於其間，	*Que l'on descende ou que l'on monte,*
	步步可遊息。	*Pas après pas, le trajet est facile.*
	石以雲爲神，	*Les nuages sont l'esprit des pierres,*
	雲以石爲質。	*Les pierres sont la substance des nuages.*
	石飛雲或住，	*Pierres volantes ou nuages figés ?*
	動定理難詰。	*Ces processus sont difficiles à comprendre,*
	草樹過泉聲，	*Le bruit de la source entre l'herbe et les arbres*
	尋之莫可覿。	*Ne cherche nullement à les entrevoir*[6].

---

6 – La traduction du chinois ancien est une affaire complexe, qui dépasse de loin mes compétences sinologiques, mais en tant qu'artiste, je peux m'autoriser une sorte de liberté, disons passionnée. J'ai découvert ce poème dans l'*Anthologie de la poésie chinoise* de la Pléiade, publiée entièrement en français (Gallimard, 2015, p. 917). Après d'assez laborieuses recherches en bibliothèque, Florence m'a retrouvé le poème en chinois écrit donc sous les Ming par Zhong Xing (鍾惺, 1574-1625) dans le Yin xiu xuan ji (隱秀軒集, Shanghai guji chubanshe (上海古籍出版社), 1992).
À ce stade, je me suis aperçu avec un certain étonnement qu'il manquait à la traduction de la Pléiade les deux derniers vers… J'ai donc risqué une traduction pour compléter le poème, puis je me suis demandé pourquoi ces deux vers avaient été omis. Erreur ou intention ? Finalement j'ai réalisé que le poème avait *pour moi* dans son intégralité une signification assez différente de celle proposée dans la Pléiade, ce qui m'a conduit à réécrire l'entier de la traduction française. J'ai suivi la même inclination coupable, sur le plan scientifique, pour les traductions proposées dans la suite du texte.

La marche du crabe

La Chine n'est pas vraiment une destination de rêve, le maoïsme halluciné des Telqueliens est bien loin[7], alors pourquoi y aller, et pourquoi y retourner avec un tel entêtement ? Le hasard des opportunités qui recouvre le présent comme un voile, à postériori change de consistance, et comme lorsqu'on tombe amoureux, on réinvente l'histoire pour (s')en expliquer les circonstances. En même temps se met à affleurer la part d'inconscient qui a présidé aux décisions constituant un engagement finalement assez important, fait d'allers-retours réguliers.

Or donc je me souviens de l'affinité que j'avais éprouvée à la découverte du film *Une histoire de vent* (1989). Je ne savais alors rien de Joris Ivens, et pas grand-chose de la Chine non plus. Ce qui me fascinait, c'était autant l'idée du souffle traversant les corps et le paysage, la découverte d'une sorte d'extériorité à la culture occidentale, que la manière d'en rendre compte dans une forme qui introduisait le documentaire dans la fiction, ce qu'on appelle le cinéma du réel, et qu'il me semble avoir découvert à

---

7 – En 1974, une délégation de la revue *Tel Quel*, composée de Philippe Sollers, Julia Kristeva, Marcelin Pleynet, François Wahl et Roland Barthes, se rend en voyage officiel en Chine. À leur retour, ils publient un numéro spécial consacré à la Révolution culturelle dont ils décrivent la « réussite ». Les deux numéros de la revue consacrés à la Chine maoïste connaissent des records de ventes (entre 20 000 et 25 000 exemplaires). Pour se faire une idée de l'ambiance, on peut facilement écouter en ligne la chanson *Mao et moa* de Nino Ferrer, datée de 1967.

cette occasion. À la même époque, la Fondation Ling « Médecine-Psychologie-Culture » à Lausanne, qui avait pour but d'établir des ponts entre les pratiques médicales occidentales et des pratiques traditionnelles chinoises, notamment dans le domaine psychiatrique, remplissait les salles de conférence. La figure charismatique du Dr Gérard Salem, médecin psychiatre, ainsi que la situation politique internationale, la fin de l'empire soviétique, y étaient pour beaucoup.

Je me souviens également de mon père, venu me visiter à Beijing (Pékin) en 2007, de son intérêt de paysan militant pour l'utopie communiste agraire, qu'il mettait sans doute un peu sur le même plan que le rêve quaker ou le kibboutz primitif, lui qui pourtant avait été un anticommuniste actif du côté des soviets. Entre ses expériences de coopération centre-africaines et la Roumanie post-Ceausescu, il restait sensible à un pan de l'imaginaire révolutionnaire ouvrier et paysan, dont j'ai toujours entendu parler autour de la table de mon enfance.

La marche du crabe : art et sciences

Je suis entré aux Beaux-Arts tardivement, à trente-cinq ans. Avant cela, je me suis beaucoup occupé de génétique, de microbiologie, et surtout de recherche. Un après-midi de 2005, j'ai reçu un coup de téléphone d'un journaliste d'Arte, qui voulait faire ma connaissance et voir en somme, si je pouvais entrer dans la famille que l'on qualifie de *bioart*, puisqu'il était un ardent promoteur de cette appellation[8]. Le fait que je sois à la fois généticien et artiste avait dû l'interpeller, il était alors proche d'Eduardo Kack, artiste-prophète et amateur de lapins colorisés[9]. Il me semble qu'il cherchait à repérer chez moi une fibre messianique, qui non seulement me fait cruellement défaut, mais dont la simple évocation a tendance à me crisper.

J'ai beaucoup été confronté à ces problématiques ambiguës. Pourtant les rapprochements entre art et sciences menés par certains acteurs des deux domaines relèvent d'un véritable intérêt des uns et des autres, chacun se fondant sur des moda-

---

8 – Patricia Solini, Jens Hauser et Vilém Flusser, *L'Art biotech'*, Filigranes, 2003.

9 – L'étonnante vraie-fausse supercherie de la photo d'Eduardo Kac tenant brièvement dans ses bras un lapin OGM dans un laboratoire de Jouy-en-Josas, suivie de la diffusion de la photo d'un lapin fluorescent grossièrement colorisé, rejoint habilement un imaginaire lucifférien, alors même que la manipulation génétique en question ne produit aucune fluorescence visible ; voir à ce propos Suzanne Anker et Dorothy Nelkin, *The Molecular Gaze, Art in the Genetic Age*, p. 95, 2003.

lités d'explorations différentes du réel mais avec en commun un même idéal de rigueur expérimentale. Dans les faits, l'interaction oscille entre des figures d'altérité et d'identité, instaurant des rapports de séduction-provocation-récupération.

Si on écoute les scientifiques (fort minoritaires) intéressés par les programmes art et science, il semble qu'ils soient souvent fascinés par la liberté des artistes, virtuose et transgressive, ainsi que par une capacité à obtenir beaucoup d'attention avec peu de moyens, alors qu'eux-mêmes se battent au quotidien pour exister. Les motivations des artistes sont quant à elles très diverses, allant du simple opportunisme jusqu'à un intérêt marqué pour l'expérimentation (objectivante), souvent technophile, à la manière des ingénieurs[10]. Le développement des outils numériques durant les années 1990 a joué un rôle important dans ce contexte, uniformisant les modes de production, connectant les imaginaires au travers d'une même esthétique algorithmique.

Le Massachusetts Institute of Technology (MIT) est un modèle, l'une des plus prestigieuses institutions au monde dans le domaine des sciences appliquées. L'histoire de l'inclusion des arts visuels après-guerre (on pourrait presque parler de greffe), y est exemplaire et a été répétée-déclinée partout ailleurs, jusqu'en Chine. Elle débute avec l'engagement en 1947 de György Kepes, sous l'impulsion d'ingénieurs et de scientifiques ayant participé au projet Manhattan, conscients de l'urgence d'une «humanisation de la science», alors même que le MIT fonctionne essentiel-

---

10 – À ce propos, quelques références parmi d'autres : Suzanne Anker et Dorothy Nelkin, *op. cit.*
Catalogue de l'exposition *Le Vivant et l'Artificiel*, commissaire Louis Bec, Avignon 1984, Sgraffite, 1985.
Barbara Nemitz, *Trans Plant, Living Vegetation in Contemporary Art*, Hatje Cantz Verlag, 2000.
Stephen Wilson, *Art + Science*, Thames & Hudson, 2010.
Roberto Barbanti & Lorraine Verner, *Les Limites du vivant*, Dehors, 2016.

lement sur des crédits militaires. Sur les questions de rapports institutionnels entre art et science, György Kepes est un précurseur autant qu'un modèle[11]. Assistant à Berlin de Moholy-Nagy, chargé de cours au New Bauhaus de Chicago, il est engagé dans l'immédiat après-guerre au département d'architecture du MIT. Il y développe une pensée proche de la Gestalt, qu'il publiera sous la forme d'une somme en 1956 : *The New Landscape in Art and Science* (Paul Theobald Editor, Chicago). Ce livre repose sur des rapports d'analogies formelles entre des images scientifiques et d'autres issues de l'histoire de l'art, sous-tendu par un discours de convergence humaniste typique du modernisme. Parmi les contributeurs, on trouve Lázló Moholy-Nagy, Walter Gropius, Jean Arp, Norbert Wiener et même un court texte de Fernand Léger. Cette manière d'envisager les rapports art vs science sous l'angle de la convergence formelle se retrouve plus ou moins naïvement jusqu'à aujourd'hui dans de nombreuses publications et expositions gravitant autour des institutions scientifiques. Durant les Trente Glorieuses, ces modalités spécifiques d'intrication art et science ne vont cesser de se développer pour aboutir à la création en 1967 du Center for Advanced Visual Studies (CAVS), dont Kepes est le premier directeur, et dont la vocation est d'animer un programme de résidence pour artistes au sein du MIT.

Mais la contestation des années 1960 n'a bien évidemment pas épargné ce genre d'institution. Robert Smithson est un artiste emblématique de cette période, il s'est beaucoup intéressé aux sciences et il a été en contact avec Kepes, mais les deux n'appartenaient pas à la même histoire : Kepes est né en 1908 dans la

---

11 – Jean-Marie Bolay, *György Kepes, du langage visuel à l'art environnemental*, MétisPresses, 2018.

bourgeoisie hongroise et Smithson en 1938 dans le New Jersey. La lettre à Kepes en réponse à une invitation à participer à la Biennale de Sao Paulo de 1969 en pleine dictature, est restée célèbre : *Je me retire de l'exposition parce qu'elle ne propose rien d'autre qu'une distraction au milieu de la nausée générale. Si la technologie devait avoir la moindre chance, il faut qu'elle devienne plus autocritique. Celui qui veut du travail d'équipe devrait rejoindre l'armée. Une pancarte « Qu'est-ce qui ne va pas avec l'art technologique » pourrait être utile* [12].

La suite de l'histoire des arts visuels au MIT semble lui avoir donné raison, les valeurs du CAVS sombrant dans l'obsolescence[13], supplanté durant les années 1980 par le Media Laboratory, logé dans un bâtiment prestigieux construit par l'architecte Peï et doté d'importants moyens de production et de promotion, tels que le magazine *Wired*. Centré sur les technologies numériques, les jeux vidéo, le design multimédia et les images virtuelles, le Media Lab développe des explorations informatiques dans tous les domaines, y compris militaires sans que cela ne soulève plus la moindre contestation. Depuis lors, cette histoire semble se répéter partout et encore.

Les artistes ont par ailleurs d'autres bonnes raisons de s'intéresser aux technosciences, car elles transforment non seulement le

---

12 – Robert Smithson, « Letter to György Kepes (1969) », in *Robert Smithson : The Collected Writings*, Jack Flam éd., Berkeley, University of California Press, 1996, p. 369, traduction de l'auteur.

13 – Paradoxalement, dans ce contexte particulier, la critique postmoderne a contribué à la disqualification des valeurs défendues par le CAVS, alors que le MIT a réagi en cherchant une autre manière de faire la promotion de ses propres valeurs, aidé en cela par l'extraordinaire succès populaire de la révolution numérique. Dans cette nouvelle perspective, l'art contemporain est désormais perçu comme une simple boîte à outils, fournissant des dispositifs visuels opérationnels indispensables à l'habillement de la production technologique, et donc à sa désirabilité. La question est ainsi redoutablement politique : à quoi l'art sert-il dans un tel contexte ? Sa capacité critique est ravalée au rang d'exercice formel destiné à produire des formes vides, disponibles pour amplifier les effets de surconsommation liés à la logique de surproduction industrielle : les possesseurs d'iPhones, les conducteurs de Harley ou de SUV, les adeptes de Gucci sont tous des rebelles.

monde, mais la manière de l'habiter, et même de le faire exister en tant que monde, produisant un renouvellement opérationnel incroyable et continu des représentations. Les sciences (dites dures et productrices de technologie) semblent ne pas avoir de limites, et investissent tous les univers, individuels et collectifs, macroscopiques et microscopiques, transformant le temps et l'espace, jusqu'à la façon d'habiter les corps, les récits, les langues et les imaginaires, donnant une forme nouvelle à la sensation même de se sentir vivre. Face à ce rouleau compresseur, l'activité artistique est elle aussi modifiée, elle subit la transformation accélérée des effets de réalité, et les artistes font comme tout le monde, ils s'approprient des outils-prothèses technologiques devenus incontournables, mais dont l'incorporation a un coût, au plan esthétique autant qu'éthique.

La rupture postmoderne a été très marquée dans le domaine des arts visuels, et force les artistes qui continuent à s'intéresser aux sciences à adopter des positions compliquées. Cet intérêt pour les technosciences, souvent technophile, se décline sous deux formes, l'une positive, impliquant une certaine adhésion, l'autre inversée, cultivant une fascination dystopique ambiguë, mais finalement souvent tout aussi adhérente. Il me semble par exemple que les musiciens, électro notamment, ont plutôt tendance à entretenir des chaînes positives de séduction réciproque, ceci étant lié à une certaine adéquation technologique, alors que le motif dystopique, dont la tradition remonte à Mary Shelley et Jules Verne, est plus commun dans le domaine de l'art contemporain. Probablement parce que la posture critique est plus attendue dans ce contexte, où elle sert de tremplin, tout en permettant d'assumer son contraire, une fascination pour l'institution scientifique elle-même, son langage, sa méthodologie, son décor technologique, sa capacité à transformer la perception de la réalité, visible et invisible. Certains artistes et curateurs se laissent alors intégrer au service de l'institution sans trop de réticences (universités, écoles polytechniques, hôpitaux), séduits sans doute par un statut social et une certaine sécurité financière, un peu comme en d'autres temps ils auraient trouvé leur place en se mettant au service de l'Église. On voit alors fleurir des bouquets de nouvelles fonctions plus ou moins rêvées, le monde de l'art devenant pourvoyeur de plus-values entrepreneuriales en « humanisant » les processus industriels, en faisant du redesign pour les interfaces R&D, ou en renouvelant la vision des acteurs techno-scientifiques dans des séances de coaching sagement décoiffantes, ou plus simplement en tant que chargé d'animation culturelle.

Pourtant et même avec les meilleures intentions du monde, ce qui manque au plus grand nombre c'est le temps long, les détours de vie, qui seuls permettent d'investir un nouvel habitus, ou à tout le moins d'en prendre la mesure. À vouloir ainsi sortir brièvement de son domaine de compétence, on aboutit malheureusement le plus souvent à la conjugaison des limites des uns avec celles des autres[14].

Personnellement, la difficulté la plus importante à laquelle je me suis trouvé confronté, est d'ordre esthétique : les sciences produisent des quantités de plus en plus importantes d'images extraordinaires, du *jamais vu*, ouvrant le regard sur des pans de réalité jusque-là aveugles, mais dont l'esthétique est très largement partagée au travers de l'usage commun des outils numé-

---

14 – Pourtant rien n'est simple et j'ai souvent tort, l'installation de Pierre Huyghe *After Alife Ahead* dans l'ancienne patinoire de Münster en 2017 par exemple, ou le panorama proposé par Jean-Luc Moulène en 2016 au Centre Pompidou, me semblent d'heureux contre-exemples. Probablement parce que dans ces cas, l'aspect « art et science » n'est pas thématisé, mais simplement intégré.

riques, créant une sorte d'impression de participation implicite, de séduction dont il est difficile de se déprendre, alors même que le monde de l'art contemporain dérive inexorablement du côté du *déjà vu*, sur un mode souvent nostalgique et parfois désagréablement cynique.

Par ailleurs, dans le contexte professionnel qui était le mien au début des années 2000, j'ai vu arriver dans les écoles d'art une manière de singer les institutions scientifiques, les enseignants étant sommés de se transformer en chercheurs, se grattant la tête dans d'interminables séances de brainstorming sur le sens à donner à leurs recherches. Une kyrielle de parcours scolaires aux titres ronflants furent créés : masters, doctorats et postdocs en art. Ces situations, pour étranges qu'elles fussent, n'étaient pas nouvelles, comme l'écrit Donald Judd à propos de l'enseignement artistique en 1985 déjà : *L'enseignement au sens où on l'entend habituellement ne peut s'appliquer ici, dans la mesure où il y a peu de choses à enseigner, hormis l'histoire, qui est essentielle. Au lieu de cela, l'éducation artistique tend à devenir quelque chose d'autonome qui n'est pas de l'art, mais une codification des techniques, une classification, une continuation stylistique. Le professeur et l'étudiant deviennent des universitaires, ou encore sont gênés par le fait que celui qui est payé n'a que peu à enseigner et celui qui paye peu à apprendre*[15]. Il me semble que le résultat de cette évolution est allé dans le sens d'une précarisation généralisée du statut social des artistes, et un recentrage des écoles d'art sur des activités permettant d'intégrer de manière plus évidente les notions de recherche et de développement, ce qui en soit n'est pas négatif, mais qui éloigne à mon sens l'activité artistique de ce qu'elle a d'irréductible.

---

15 – Donald Judd, *Écrits 1963-1990*, Daniel Lelong éditeur, p. 150.

Je me suis donc retrouvé mêlé à ce maelström presque malgré moi. Mais en même temps, tout en étant décalé au plan générationnel, j'ai pu faire ce que font beaucoup de jeunes artistes dits émergents : regarder autour de moi. Observer le monde de l'art, ses rituels, ses institutions, ses acteurs, ses contraintes, ses obligations, ainsi que l'effet produit sur des artistes nettement plus visibles que moi, et que j'avais la chance soudaine de croiser en vrai. J'ai retrouvé dans beaucoup de ces situations une surdétermination qui m'avait fait renoncer à l'idée de carrière scientifique, avec le constat que les ambitions communes ne recouvraient que très partiellement mes ambitions personnelles, et que je risquais donc d'y perdre beaucoup pour y gagner peu[16].

C'est à cette époque, en 2006, que l'on m'a proposé une résidence de six mois à Beijing : la Chine s'est alors présentée comme un ailleurs bienvenu.

---

16 – J'ai plaisir à mentionner ici deux livres de Jean-Marc Lévy-Leblond, déterminants pour moi à deux moments différents : *L'Esprit de sel* (Points Seuil, 1984) au moment de décider de quitter les sciences pour les Beaux-Arts, et plus tard *La Science n'est pas l'art* (Hermann, 2010).

Soleil levant, néon

Un lieu est composé pour moi d'espace, de lumière, d'effluves et de résonnances. L'espace est un donné topologique sonore, corporel et anthropologique ; la lumière est dans l'air qui contient le regard, alors que les odeurs me projettent dans l'instant de l'être-là, le présent. Je vois autant que je goûte, j'écarquille les yeux et j'aspire l'air comme un animal. La convergence soudaine entre certains de ces percepts épars, produit des effets de réminiscence, rejoue comme en musique, une phrase ancienne dans une composition nouvelle. Le vide du paysage résonne perpétuellement de mots et de voix.

Certains matins d'hiver où le soleil scintille sur les cristaux de rosée, en sortant de chez moi en Suisse, je peux sentir dans l'air glacé l'odeur du repas de midi que prépare le café du coin, mélangée à celles des chauffages à mazout et des feux de bois. Cela me renvoie instantanément aux odeurs mêlées de charbon et d'épices dans le froid vif du clair matin pékinois, quand le vent souffle de Mongolie, nettoyant le ciel de sa grisaille jaunâtre. À chaque coin de rue, des vendeurs ambulants préparent des soupes, des beignets frits et de consistants petits déjeuners, dans des fours ou sur des plaques chauffées avec des cylindres de charbon compressé, dont la cendre grise laisse voir le rougeoiement. J'aime me lever tôt et en Chine, je ne suis pas le seul, une activité intense et très variée se déploie à ce moment-là. La culture chinoise privilégie l'aube, les débuts, les conditions initiales, le germe. Dans les parcs, l'activité est intense en tout début de journée, dans les stations balnéaires en bord de mer, il y a foule le matin, personne le soir. Le soleil levant, pas le couchant.

Est-ce le poids de l'histoire ou le hasard des préférences ? En Occident, on admire les couleurs du soir, et c'est en fin de journée qu'un espace subtil de liberté, de conscience de soi semble pouvoir s'ouvrir. Comme si dans l'ombre du soir, dans ce lâcher-prise de la journée faite, pouvait apparaître à postériori une sorte de vérité existentielle. On sort, on rencontre des amis, on discute et comme au théâtre, on rejoue les scènes, on réécrit les dialogues, on médite sur la chute. Le soir est théâtral, il est cinématographique, quelques images fixes dont la succession va jusqu'à recréer l'illusion d'une vie rêvée ; moitié jour, moitié nuit, le cinéma est bien un art crépusculaire, inséparable de cette sensibilité particulière au sens de l'histoire et à l'imaginaire du temps.

Dans le monde de l'art post-postmoderne qui est le mien, on vit une sorte de grand écart des valeurs, qui année après année s'allonge comme un chewing-gum. D'un côté le tissu social complexe de ce milieu survalorise toujours l'émergence, la jeunesse, l'innovation, la rupture, focalisant son attention sur le présent du présent, de plus en plus instantané, qualifié pour cette raison de contemporain. De l'autre, l'essentiel du contexte critique et esthétique, y compris la fascination pour ce type particulier d'émergence contestataire, renvoie à un passé qui s'éloigne, la fin des sixties et le début des seventies, et à une polarisation culturelle datée, centrée sur les États-Unis d'Amérique. Or si cette contre-culture doit beaucoup aux mouvements de contestation du système sociopolitique et institutionnel d'après-guerre et à un conflit générationnel, ceux qui en héritent aujourd'hui, dans le domaine artistique, ne peuvent qu'en reprendre les formes dans une attitude qui se situe au plan esthétique, à l'opposé de la contestation. Le monde de l'art contemporain en Occident me semble ainsi baigner dans une profonde nostalgie.

Dans les mêmes années, de puissants mouvements portés par une jeunesse qui contestait elle aussi un ordre ancien se sont également développés en Chine. Mais l'histoire étant ce qu'elle est, le résultat est à l'opposé, posant dans l'économie des valeurs symboliques à l'œuvre dans le monde de l'art dit « non occidental », l'exemple d'un écart irréductible. Jeunesse et contestation dans ce contexte sont connotées négativement ; il faut vivre en Chine pour en mesurer au quotidien les conséquences, ou plutôt la naïveté de l'évidence dans laquelle nous vivons à ce propos en Occident. Au point de se demander si ce ne serait pas l'un des marqueurs excluants qui dessine la frontière invisible entre l'art dit occidental et celui qui ne l'est pas, entre le goût des uns et celui des autres. Certains artistes chinois ont su habilement exploiter cette sensibilité particulière du marché de l'art (occidental) au mood contestataire-créatif ; alors qu'ils ne bénéficiaient d'aucun soutien local, ni privé ni institutionnel, leur production pour exister, s'est retrouvée de fait entièrement orientée vers l'exportation. Au tournant des années 2000, il leur a fallu autant de courage que d'intelligence, et de capacité à saisir les opportunités, pour retourner les malentendus en leur faveur.

En marchant le soir dans les rues de Beijing, de Wuhan ou Chongqing[17], je vois s'éclairer un à un des intérieurs. On devine derrière les barreaux en ferraille chromée, des cuisines ou des salons meublés de lourds fauteuils. La lumière blafarde des néons est d'un blanc-vert froid éblouissant, qui repousse durement l'obscurité enveloppante. Cette teinte se rapproche de celle qu'on appelait naguère en français un vert glauque, bleu-vert aquatique, avant que ce mot ne prenne la connotation négative qu'on lui connaît. Il semble donc que même la psychologie des couleurs, l'évidence émotionnelle qu'on croit lui connaître, est culturellement déterminée. L'apparente froideur de ces néons, cette sorte de fadeur verdâtre que je retrouve jusqu'au fond des campagnes, est ici associée à l'intimité, à l'intériorité et à la chaleur du chez-soi.

---

17 – Après un premier voyage en 2004, mon parcours en Chine a vraiment débuté en 2007 par une résidence de six mois à Beijing, proposée par la fondation GegenwART du Musée des Beaux-Arts de Berne, en la personne de Bernard Fibicher. La Chine s'ouvrait alors au monde juste avant les Jeux olympiques. J'ai vite réalisé qu'il m'en faudrait beaucoup plus pour commencer à comprendre ce que je voyais. En 2010-2011, nous sommes partis étudier le chinois en famille une année à Wuhan. En 2013, j'ai été invité, grâce au soutien de Pro Helvetia, en résidence à Chongqing. Depuis nous y sommes retournés chaque année, nouant des liens avec une communauté d'artistes sur place.

Drifting in the sixties

> *Le* fixisme *n'est pas une théorie, mais un élément négatif commun à plusieurs théories. À bien voir les choses, il n'est que la non-proposition d'un problème qui est précisément celui du* mobilisme, *et il ne se définit que par rapport à lui.*
>
> Émile Argan, « La Tectonique de l'Asie [18] »

Qui douterait aujourd'hui que les montagnes se déplacent et que le sol sous nos pieds n'a pas toujours été à l'endroit où il se trouve ? Des mouvements tectoniques très lents, mais continus, sur des périodes de temps sans commune mesure avec l'existence humaine, ont produit des transformations colossales. Lorsque j'en parle à mes étudiants, cela leur semble relever de l'évidence, alors même qu'aucun d'entre eux ne peut vraiment *le voir*. Il est même difficile de leur faire sentir que cette apparente immobilité conduisait la plupart des gens (et des scientifiques) il y a peu encore, à se représenter la nature et le paysage, dans une sorte de fixité tout aussi évidente.

Cette idée d'impermanence formelle du réel ne s'est imposée que progressivement au cours du XXe siècle dans un climat de résistance générale, luttant pied à pied avec le sens commun, à

---

18 – Émile Argan, « La Tectonique de l'Asie », dans *Compte-rendu du XIIIe congrès géologique international*, Bruxelles, 1922, publié en 1924, p. 288.

contre-courant des paradigmes culturels fondamentaux, regroupés derrière une seule et même notion, le *fixisme* : rien ne bouge, tout est là tel qu'on le voit aujourd'hui, de toute éternité, figé dans une perspective idéale par le Créateur, comme une statue. Tout juste si l'on imaginait d'anciennes catastrophes, aussi brusques qu'éphémères, pour décrire certains brassages par trop évidents.

On sait donc aujourd'hui que tout bouge *imperceptiblement*, à une vitesse qui va de un à presque vingt centimètres par an, c'est-à-dire à peu près à la vitesse à laquelle poussent nos ongles ou nos cheveux. Des appareils devenus familiers permettent de le mesurer de manière systématique et très précise. Mais cette représentation de la réalité géologique ordinaire découle en Occident d'une profonde révolution symbolique, qui comme souvent, a précédé la capacité technologique à la mesurer.

Le travail de Mary Tharp et Bruce Heezen, en collaboration avec Heinrich Berann, marque une étape significative dans cette sorte de retournement de l'imaginaire occidental[19]. Mary Tharp a été engagée après-guerre au département de géologie de l'Université de Columbia de New York, pour calculer et mettre en forme des données bathymétriques obtenues par sonar, une technologie alors nouvelle permettant de dresser des cartes du plancher océanique[20]. Les femmes n'avaient alors pas le droit de

---

19 – Cathy Barton, *Mary Tharp, Oceanographic Cartographer, and her Contributions to the Revolution in the Earth Sciences*, Geological Society, London, Special Publications 192, 2002.

20 – Dans le contexte nord-américain, l'ouverture de carrières académiques aux femmes dans les domaines scientifiques est un effet collatéral de la Seconde Guerre mondiale. Pour autant, dans un contexte très machiste, elles sont restées soumises à une forme d'invisibilisation. Dans le contexte actuel de réactivation des questions de discrimination, basée ici sur le genre, Mary Tharp est une figure exemplaire et la valorisation de son travail un acte militant. Mais il montre aussi comment les productions les plus intéressantes ont souvent lieu en marge, sur des territoires peu balisés.

monter dans les bateaux de la Navy, et Mary Tharp restait dans les bureaux de Manhattan, calculant à la main et transcrivant à l'encre de Chine les fins tracés issus des relevés sur papier millimétré, faisant le travail de compilation et de visualisation que l'on confierait aujourd'hui à un ordinateur. Ce cantonnement à l'arrière avait son pendant académique, la limitant à une carrière subalterne caractérisée par des engagements précaires, et la contraignant même dès 1965, par manque de place à l'université, à travailler depuis chez elle. Pour autant, ce fut bien elle qui découvrit dès 1953 à partir de l'analyse des cartes, l'existence de la dorsale médio-océanique de l'Atlantique Nord, et qui surtout comprit la première que de nombreux épicentres de tremblements de terre se trouvaient localisés sur cette dorsale. Durant les années 1950, l'exploration des grands fonds s'est étendue progressivement à l'ensemble des océans de la planète, laissant entrevoir la présence d'immenses chaînes de montagnes immergées, comportant toutes une vallée centrale, à chaque fois corrélée avec une forte activité sismique. Mais la résistance à ce qu'impliquaient de telles observations était générale, car cela ressemblait trop à la théorie de la dérive des continents, proposée au début du siècle par Alfred Wegner et violemment réfutée par la grande majorité de la communauté scientifique[21].

La première publication datée de 1956 fut donc accueillie avec scepticisme et froideur. Ce n'est que trois ans plus tard, lors de

---

21 – Alfred Wegener était météorologue ; avec son frère Kurt, il bat en 1906 le record de durée de voyage en dirigeable (52h30') entre Berlin et le massif du Spessart, dans le but de tester un nouvel instrument de navigation, permettant de mesurer avec précision un cap, une distance et une localisation. Fasciné par le Grand Nord, il part ensuite deux ans au Groenland étudier les masses d'air polaire. À son retour il publie en 1911 son *Cours sur la thermodynamique de l'atmosphère*, puis en 1915 *La Genèse des continents et des océans (Die Enstehung der Kontinente und Ozeane)*, ouvrage fondateur dans lequel il présente sa théorie de la dérive des continents. C'est, paraît-il, en voyant se briser l'Inlandsis, la grande calotte polaire, en icebergs géants flottants sur l'océan, que l'idée lui serait venue.

l'International Oceanographic Congress à New York, à l'occasion de la présentation de photographies sous-marines réalisées par le commandant Cousteau et l'équipe de la *Calypso*, montrant cette fameuse vallée au milieu de l'Atlantique Nord, que les représentations basculèrent un peu[22]. Ce sont donc des photogrammes montrant un paysage, issus d'une tradition documentaire classique, qui servirent d'articulation pour infléchir l'imaginaire scientifique, dans un statut intermédiaire situé entre la preuve et la vision.

Cependant la technologie alors à disposition ne permettait d'obtenir qu'une représentation cartographique fragmentaire, sorte de toile d'araignée correspondant aux profondeurs mesurées à la verticale des bateaux d'exploration, allant de port en port, zigzaguant parfois pour fuir les tempêtes. Étendre et densifier ce réseau de mesures prit des années d'un patient travail, et la communication visuelle de l'ensemble n'allait pas sans poser problème, dans un contexte scientifique où dominaient le scepticisme et l'hésitation.

Face à la nécessité de convaincre, la présentation des cartes dressées par l'équipe de Mary Tharp va subir une transformation esthétique radicale typique des sixties : la revue *National Geographic* la met en lien avec le peintre autrichien Heinrich Berann, spécialisé dans la réalisation de panoramas à vocation touristique et sportive. Son style particulier mêle une sorte d'hyper-réalisme combiné avec un large usage de perspectives déformées et de textures destinées à mettre en évidence certaines informations. C'est un précurseur des « vues d'artistes », qui mêlent précision et fantaisie, donnant l'impression de

---

[22] – Cousteau se définissait alors comme un explorateur-cinéaste. En 1956, il avait obtenu la palme d'or à Cannes pour *Le Monde du silence*, coréalisé avec Louis Malle.

rendre visible l'invisible, et produisant une sorte de pop-science visuelle qui va nourrir tout le cinéma de science-fiction. En 1967, le *National Geographic* publie une première carte du plancher océanique indien issue de cette collaboration, puis ensuite régulièrement durant les années suivantes[23], des cartes de tous les fonds océaniques, jusqu'au *World Ocean Floor,* panorama complet en 1977, peint par Heinrich Berann, produisant des représentations visuelles qui vont accompagner la révolution paradigmatique de la tectonique des plaques[24].

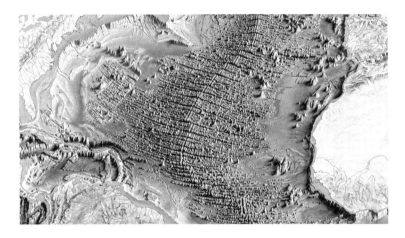

Détail de la dorsale médio-atlantique nord, tiré de Bruce Heezen et Mary Tharp, World Ocean Floor Map. *Mercator Projection, painted by Heinrich C. Berann, 1977. Original en haute définition disponible sur le site de la librairie du Congrès.*

23 – Bruce Heezen et Mary Tharp, *National Geographic Magazine, Special Maps Supplements*, painted by Heinrich C. Berann: *Indian Ocean floor*, October 1967, *Atlantic Ocean floor*, June 1968, *Pacific Ocean floor*, October 1969, *Arctic Ocean floor*, October 1971.

24 – La tectonique des plaques propose une modélisation dynamique des mouvements de surface de la lithosphère, qui est composée de six plaques continentales flottantes qui sont lentement renouvelées au niveau des dorsales océaniques et englouties à l'opposé dans des zones dites de subduction, rejoignant le manteau en fusion dans un fracas sismique et volcanique. Cette vision titanesque de la géophysique planétaire est publiée en 1968, marquant un axe de renversement symbolique, un changement de paradigme devenu définitif.

Dans la même période, en mars 1968 au Reyerson Theatre de Toronto, John Cage et Marcel Duchamp créent *Reunion*, une performance acoustique utilisant un échiquier bourré de capteurs qui réagissent à la partie d'échec jouée à sa surface. En octobre de cette même année ouvre à la galerie Dwan de New York l'exposition « Earth Works », qui marque un tournant important dans l'histoire de l'art postmoderne. Claes Oldenburg y présente un morceau de terreau grouillant de vers et la maquette d'un volcan réalisé dans un tapis de coco, Robert Morris une pièce composée d'un tas de terre et de matériaux divers récupérés dans un chantier voisin, figurant une sorte de paysage en miniature posé comme une île sur le sol de la galerie. Robert Smithson montre *A Nonsite (Franklin, New-Jersey)* une pièce composée de cinq boîtes formant au sol une pyramide tronquée et remplie de morceaux de calcaire, avec au mur une photo aérienne découpée selon le même schéma. Les parois des boîtes rejouent en échos les murs de la galerie, le calcaire et les photos renvoient au site d'extraction, Franklin Furnace, une ancienne exploitation minière connue des chercheurs de minéraux[25]. Smithson cette même année fait un voyage au lac Mono, un lac salé situé dans un paysage lunaire au fond d'une caldera près de Yosemite, dans la Sierra Nevada. Il en ramène une pièce, *Mono Lake Nonsite*, formée d'une boîte en forme de cadre carré posée au sol et de la reproduction d'une carte au mur reprenant la forme et les dimensions de la boîte. La boîte constituée de chenaux de dix centimètres de large environ, disposés en carré, contient des cendres volcaniques ramenées du lac Mono, et la carte renvoie à ce même

---

25 – Franklin Furnace se situe dans le New Jersey, non loin de Passaic où Smithson a grandi. Les anciennes mines, riches en zinc, fer et manganèse, ont donné son nom à la Francklinite, dont la composition est $ZnFe_2O_4$ et qui cristallise dans la forme de magnifiques petites pyramides noires. Par ailleurs, Franklin Furnace Archive est une organisation basée à New York spécialisée dans le soutien à l'art d'avant-garde, la performance notamment, et l'archivage des livres d'artistes.

lieu, mais ne donne à lire que le pourtour du site, le centre restant vide. Dans un entretien il explique: *Les cartes sont des choses très insaisissables, cette carte du lac Mono vous indique comment aller nulle part. [...] Il y a un point focal central qui est le non-site; le site est la frange floue où votre esprit perd ses limites et où une sensation océanique vous imprègne, tel que ce fut. J'aime l'idée que se déroulent des catastrophes tranquilles... La chose intéressante à propos du site est que, contrairement au non-site, il renvoie à la périphérie. En d'autres mots, il n'y a rien à quoi s'accrocher, excepté des cendres, et il n'y a pas de possibilité de focaliser sur un point particulier. On pourrait même dire que la notion de lieu s'est évanouie, a disparu. Cette carte peut vous mener quelque part, mais quand vous y serez, vous ne saurez pas vraiment où vous êtes*[26].

Le changement paradigmatique dans le domaine de la géologie est lié à une bascule technologique: la capacité à mesurer très précisément et en un très grand nombre de points des variations infimes, invisibles à l'œil nu, et à les monitorer, c'est-à-dire à les prendre en compte une à une sans en omettre aucune. Cette méthodologie produit des ensembles de données gigantesques, également invisibles, car beaucoup trop grands pour être embrassés d'un seul regard. Cette double irreprésentabilité, microscopique et macroscopique, dans le temps et dans l'espace, ce dépassement du champ perceptif humain a été rendu possible par la digitalisation du réel issue des technologies numériques. Or cette révolution est récente, le réseau GPS par exemple a été mis en fonction en 1994 seulement, précédé et accompagné par une augmentation exponentielle de la puissance de calcul et des

---

26 – « Discussions with Heizer, Oppenheim, Smithson (1970) », in *Robert Smithson: The Collected Writings*, Jack Flam éd., Berkeley, University of California Press, 1996, p. 249, traduction de l'auteur.

progrès théoriques énormes implémentant sur les machines des méthodologies mathématiques radicalement nouvelles.

Cela nous a tous entraînés, sans vraiment le savoir, dans une intense activité de recréation d'un imaginaire anthropologique compatible avec les produits de ces armées de machines sensibles, développées dans tous les domaines, géologie, météorologie, biologie et médecine, renouvelant en profondeur les représentations du corps et de l'espace, faisant des entrailles un paysage, et du paysage un organisme vivant.

Touriste

J'ai donc passé les six premiers mois de l'année 2007 en résidence à 草场地 (Caochangdi), banlieue nord-est de 北京 (Beijing). J'ai débarqué un matin assez parfaitement *désorienté* dans ce village peuplé de mingongs installés dans une réalité transitoire de destruction-reconstruction massive. La particularité de cette zone périphérique était d'avoir misé sur un développement spéculatif autour du monde de l'art contemporain : les anciennes maisons paysannes et les petits immeubles en briques à l'architecture improvisée voisinaient avec des complexes de lofts-ateliers flambant neufs, alignés le long d'allées agrémentées de jeunes bouleaux, dont le blanc de l'écorce se détachait joliment sur fond de briques grises. Le boom de l'art contemporain chinois était alors à une sorte d'apogée, le chantier des Jeux olympiques en voie d'achèvement, je vivais dans un atelier construit par Ai Weiwei qui habitait juste à côté, la Chine était à la mode.

Les artistes en résidence sont des touristes, des héritiers tardifs du Grand Tour européen. Mon atelier, construit dans la même enceinte qu'une célèbre galerie d'art, était vaste. Béton brut, briques et néons, l'ensemble architectural réinterprétait avec élégance les codes de la maison carrée chinoise autour d'une cour centrale. Rien de luxueux cependant, à part l'espace et un peu de verdure, juste des modules préfabriqués ordinaires, assemblés sans finitions. Derrière la maison passait la ligne de chemin de fer arrivant du nord ; le soir dans la nuit jaune, on entendait siffler le Transsibérien.

Passé le porche de la résidence, on se retrouvait projeté dans les rues encombrées du village, quelques supérettes, un marché aux légumes, des étals de boucherie où des morceaux de porcs séchés pendaient à côté de carcasses de chiens, une foule affairée. La frontière de l'urbanisation intensive se situait à un ou deux kilomètres au sud, une fois passé sous les larges nappes de béton du cinquième périphérique.

Après quelque temps à tourner en rond dans l'atelier, j'ai acheté un vélo et je me suis mis à pédaler le long des routes, ma grosse caméra Panasonic sur le dos. Je partais tôt, pour la journée. Je dois beaucoup à cette machine, à son objectif et à son cadre. Je suis un piètre voyageur, et je n'arrivais pas à voir ce que je regardais : la caméra et le vélo déroulaient un même fil, ils me conduisaient de rue en rue, le long de la journée, dans une sorte de flottement du présent. La nécessité technique de cadrer me déterminait, dans des allers-retours incessants entre intérieur et extérieur du cadre. J'ai accumulé ainsi des heures et des heures de rushes, sans autre but que de chercher à comprendre ce que je cadrais. Comme s'il y avait un lien possible entre enregistrer et comprendre, entre voir et revoir, entre pédaler et penser.

En 1972, à l'invitation de Zhou Enlai, Premier ministre de Mao, Michelangelo Antonioni filme dans les rues de Beijing. Au plus fort de la révolution culturelle, strictement encadré, il filme tout ce qu'il voit, c'est-à-dire ce qu'on veut bien lui montrer, en super16, caméra à l'épaule ; *Chung Kuo, Cina* sort l'année suivante.

Il est très rapidement le jouet d'une intense campagne politique de dénigrement en Chine, et pour des raisons inverses, violemment attaqué en Occident pour sa naïveté et son incapacité à rendre compte de l'horreur en cours. Pourtant Antonioni dit en voix off dès le générique : *Nous n'expliquons pas la Chine. Nous voulons juste observer ce grand répertoire de gestes, de visages et d'habitudes. Venant d'Europe nous pensions escalader des montagnes et traverser des déserts. Mais la Chine reste en grande partie inaccessible, interdite.*

Beijing est une ville plate, facile à parcourir à vélo, en une heure ou deux j'arrive au centre, avant huit heures du matin. Non loin de Tiananmen, derrière la Cité interdite, sur la colline de charbon et tout autour du lac de Beihai, une foule bigarrée s'adonne par groupes à des activités physiques très variées. Les pratiquants de taiji côtoient des joggers et des joueurs de badminton. Les amateurs de danse synchronisée suivent la cadence des haut-parleurs criards, et j'observe qu'il est possible de danser parfaitement le tango sans une once de sensualité. Plus loin on entend hululer les amateurs de cris animaliers : tout est bon pour faire circuler le souffle ! En montant sur la colline, j'observe des grand-mères en train de se frotter méticuleusement le dos aux troncs noueux de certains arbres, qui par endroits sont polis comme du bronze. Au sommet de la colline, au bout d'une volée d'escaliers, un gros bouddha doré remplit un petit temple. Plus tard dans la journée, les joueurs d'échec et de go s'installent à l'ombre sur de petits escabeaux, pendant que d'autres promènent leurs mainates dans des cages en bambou.

Un autre jour, je pousse jusqu'au musée d'histoire naturelle. Rien de particulier dans cet endroit plutôt désuet, si ce n'est une salle dédiée à l'anatomie humaine située à côté de l'entrée.

Des classes de jeunes enfants défilent devant des bocaux de formol remplis de toutes sortes de morceaux de corps humains arrangés pour illustrer différents sujets anatomiques, médicaux ou tératologiques. Un grand cadavre entièrement disséqué flotte comme un spectre au milieu de la salle dans un vase cylindrique posé à côté d'un arbre en plastique. Je vois une enseignante montrer avec une sorte de simplicité évidente le détail d'un tendon sur le pied d'un élève face à un pied coupé, décoloré dans son cristallisoir. Je ne sais pas trop à quoi renvoie ce genre de dureté, à une violence ordinaire, à un conditionnement social et politique spartiate, mais aussi à un autre imaginaire du corps, ainsi qu'à ma sensiblerie. Le long des rues, il m'arrive de glisser un coup d'œil dans l'échoppe d'un arracheur de dents, avec ses fauteuils de coiffeur et le sol taché de sang ; à peine plus loin des prostituées en minijupes hèlent les passants de leurs vitrines ; plus loin encore je rejoins des amis dans un restaurant ouïgour pour déguster de délicieuses nouilles fraîches aux aubergines, des brochettes de viande grillée, et retrouver les goûts turcs de l'antique route de la soie.

Le soir ce ne sont plus les parcs, mais les places au pied des immeubles qui se remplissent de danseurs et d'amateurs de fitness synchronisé, aux sons mêlés d'imposants *sound systems*. On trouve de tout, de l'ambiance traditionnelle à la plus carnavalesque, mais le mot d'ordre est toujours le même : bouger ! Mobiliser les corps après une journée de travail, bouger ensemble, partager l'énergie du mouvement dans des figures infiniment répétées, où les derniers arrivés imitent les autres. Chaque jour au même endroit et à la même heure, la même chose. Les groupes se forment, se côtoient, se chevauchent, dans une sorte de chaos sonore. Personne ne dirige rien, tout semble s'organiser spontanément autour de ces chorégraphies plus ou moins compliquées, qui peuvent réunir de quelques dizaines à des milliers de personnes : des anti-spectacles qui touchent à quelque chose de fantastique, de la transe ou de l'hypnose, mais hors tout contexte religieux, théâtral, politique ou démonstratif, rien d'autre qu'une philosophie informelle de la circulation des énergies et du mouvement.

La vie liquide

20 février. — Cette journée a été mémorable dans les annales de Valdivia, à cause d'un violent tremblement de terre, le plus violent éprouvé de mémoire des plus anciens habitants. Je me trouvais alors à terre et me reposais, couché sur le sol dans un bois. Cela s'est produit soudainement et a duré deux minutes, mais le temps a paru beaucoup plus long. Le sol bougeait de manière tout à fait perceptible. Les ondulations semblaient à mon compagnon et à moi, venir de l'est, tandis que d'autres les ont senties venir du sud-ouest : cela montre combien il est parfois difficile de percevoir la direction de telles vibrations. Nous n'avions aucune difficulté à nous tenir debout, mais le mouvement me donnait presque le vertige : c'était quelque chose comme le tangage d'un navire dans une petite ondulation croisée, ou plus encore comme celui ressenti par une personne qui patine sur une mince couche de glace, qui ploie alors sous le poids de son corps.

Un violent tremblement de terre détruit instantanément nos plus anciennes associations : la terre, emblème même de la solidité, a bougé sous nos pieds telle une fine croûte posée sur un fluide : une seconde de temps a créé dans mon esprit une étrange idée d'insécurité, que des heures de réflexion n'auraient pas produite.

Charles Darwin, *Journal of Researches into the Geology and Natural, History of the Various Countries by H.M.S. Beagle*, 1839, traduction de l'auteur.

Darwin se trouvait au large du Chili lors du tremblement de terre de 1835, la sensation de liquéfaction du sol et la métaphore intellectuelle qu'il évoque, en disent long sur l'ambiguïté révolutionnaire des théories qui germent en lui. L'Angleterre domine alors une grande partie du monde grâce à son élan industriel, à une morale victorienne stricte associée à une métaphysique du commerce et de la guerre, ainsi qu'à sa marine et au jus de citron[27]. À Cambridge, où Darwin fait ses études, tous les professeurs sont des pasteurs anglicans, il n'est pas question d'y faire carrière sans être ministre de l'Église d'Angleterre, il y a la Bible et le grand livre de la nature : Dieu a écrit les deux ! Charles Darwin se destine donc à une carrière d'homme d'Église, tout en cultivant sa passion pour les sciences naturelles. Cette passion ne tombait cependant pas du ciel, ni ses idées évolutionnistes, que l'on appelait alors *transformistes*. Son grand-père Erasmus Darwin, naturaliste, poète et physiologiste, les avait déjà proposées dans un long poème scientifique, *The Temple of Nature*. Les expériences médicales d'Erasmus étaient par ailleurs célèbres et Mary Shelley le cite comme source d'inspiration pour le Dr Victor Frankenstein dans l'introduction à *Frankenstein : or, The Modern Prometheus*, écrit à Genève durant l'été 1816.

Charles embarque donc en 1831 à l'âge de 22 ans sur le *Beagle* pour un voyage extraordinaire en circumnavigation qui durera cinq ans, abordant des contrées encore très mal connues. Le voyage fut aussi passionnant qu'éprouvant : Darwin souffrait terriblement du mal de mer. À son retour en Angleterre, il a

---

27 – On estime que le scorbut a tué plus de deux millions de marins entre la fin du XVe et le début du XIXe siècle, par avitaminose C. La marine britannique est la seule qui ait introduit, sur une base empirique, dès la fin du XVIIIe l'usage du jus de citron dans le régime alimentaire de ses marins, au point de leur valoir le surnom de *limeys*.
Une petite différence qui a eu de grandes conséquences, comme dans la théorie de l'évolution.

continué à souffrir durant des années de vertiges et de pénibles désordres digestifs, ce que les historiens attribuent aux signes psychosomatiques d'un grave conflit intérieur, le poussant à creuser et vérifier ses idées durant plus de vingt ans, sans se résoudre à les publier. En 1858, un jeune aventurier autodidacte, Alfred Walace, qui avait lu le récit de ses explorations et qui était fasciné par l'idée de transmutation des espèces, lui envoie du fond de la Malaisie un manuscrit décrivant l'essentiel de la théorie de l'évolution et de la sélection naturelle. Darwin est alors obligé de publier rapidement, en 1859, *L'Origine des espèces*, ce qui améliora brusquement son état de santé.

Mais il est intéressant de remarquer que le point de vue qui se dessine dès le début, en 1832 lors de ses explorations de la forêt brésilienne, est très différent de celui de ses prédécesseurs, Buffon, Cuvier, Lamarck, von Humbolt ou même son grand-père. Tous étaient des hommes des Lumières, qui projetaient sur la Nature un ordre angélique. Dans les forêts tropicales humides, Darwin quant à lui semble fasciné par la pourriture, la décomposition, les cycles de vie et de mort dans un foisonnement chaotique d'espèces en compétition les unes avec les autres. Ce regard est nouveau, moderne par sa capacité à prendre en compte une dimension quantitative, et donc statistique : il décompte ce qui est, et le voit comme le résultat de ce qui a tenté d'être. Ce n'est plus un romantique, il a lu Malthus bien sûr, mais aussi les *Principles of Geology* de Charles Lyell qui propose pour la première fois l'idée de temps géologiques extrêmement longs[28]. Cela le conduit à envisager la réalité biologique comme un processus lent et continu, relevant de l'impermanence, de l'équilibre dynamique et d'une nature terriblement ambivalente, mi-chambre des merveilles, mi-boucherie, où tout ce qui vit ne pense qu'à manger son voisin ou à le surpasser, impliquant un taux de mortalité effrayant, et des valeurs morales inhumaines.

Il a fallu des décennies pour que la théorie se complexifie, devienne progressivement de plus en plus apte à décrire l'extraordinaire diversité des phénomènes vivants. La découverte de l'invisible microscopique a marqué un tournant, montrant que tout ce qui vit, les humains, les animaux grands et petits, toutes les plantes, les champignons, les poissons, les insectes, tous les invertébrés, les vers, et même les moisissures, tout est pareillement constitué de cellules, qui entre elles se ressemblent beaucoup plus que les organismes auxquels elles appartiennent. Plus encore, il existe une quantité extraordinaire d'organismes minuscules, qui en raison de leur taille échappent au sens commun et qui pourtant sont partout. Plus on va creuser, analyser, expérimenter, plus on va découvrir, toujours avec le même étonnement, que tous ces êtres vivants sont construits avec les mêmes molécules, une collection de briques élémentaires parfois très complexes, mais que l'on retrouve presque à l'identique d'un organisme à l'autre, confirmant toujours plus l'hypothèse

---

28 – Lyell est le fondateur de la géologie moderne, il introduit le principe dit des *causes actuelles* : ce qui se voit des processus matériels à l'œuvre autour de nous est ce qui a toujours été à l'œuvre. Cela implique un rapport au temps tout à fait nouveau, non seulement pour pouvoir expliquer la présence de fossiles marins au sommet des montagnes ou au fond des mines, mais également du point de vue de l'expérience, car on va tenter de mesurer des mouvements invisibles non pas parce qu'ils sont trop petits, mais trop lents, et de ce fait hors du temps subjectif humain. Cela aboutit à des comptages en millions d'années, alors que les pasteurs de Cambridge situaient le début des temps autour des quatre à cinq mille ans avant Jésus-Christ.

d'une origine commune, et donc l'existence d'ancêtres communs, comme dans une grande famille.

Une autre révolution symbolique s'est jouée lorsque l'on a compris comment les caractères héréditaires se transmettaient de génération en génération : tout ce qui vit a une mémoire matérielle *codée*, une bibliothèque qui traverse le temps ! En réalité, au plan biochimique, les organismes vivants sont composés de deux types de molécules aux destins très différents. La grande majorité d'entre elles servent à fabriquer les corps cellulaires : sans cesse déconstruits et reconstruits, vivant et mourant dans un flux continuel, ces corps sont infiniment corruptibles. Parfois assemblées en communautés (que nous appelons par exemple « plantes », « animaux ») ou plus souvent isolées, ces unités cellulaires sont comme des bulles affairées en tension entre un dedans et un dehors, bourrées de réactions chimiques complexes et en chantier permanent. Ces corps (cellulaires) sont inscrits dans le présent, ils apparaissent, ont un mode d'existence individualisé pour un temps, puis disparaissent. Les molécules qui les composent sont donc comme des briques de lego, infiniment recyclées dans de nouvelles entités, de nouveaux corps transitoires, ou alors brûlées dans les fourneaux de ces milliards de milliards d'usines cellulaires, puis refabriquées en rongeant le monde minéral pour en extraire la matière première, puisant dans la lumière du soleil l'énergie sans laquelle rien ne serait possible.

Tout cela nécessite une organisation extraordinairement complexe, dont la mémoire de l'expérience, c'est-à-dire l'archive, est transmise en continu, de seconde en seconde, de cellule à cellule, de génération en génération, siècle après siècle. Or chose étonnante, cette mémoire est « écrite », codée dans des molécules-livres qui traversent le temps ; plus encore, elle est écrite dans la même langue, avec le même alphabet pour tout ce qui vit sur terre, animaux grands et petits, végétaux, champignons, moisissures, microbes, tout. Cette univocité de la réalité biologique était inimaginable du temps de Darwin, et la résistance aux idées transformistes (mobilistes) tout au long du XXe siècle relève d'une incrédulité évidente dans le contexte culturel occidental.

Or donc, durant la deuxième moitié du XXe siècle, le paradigme était le suivant : ces molécules-livres, l'ADN, sont comme des colliers de perles, il n'existe que quatre ou cinq perles différentes pour tout ce qui vit et c'est l'ordre des perles sur le collier moléculaire qui garde en mémoire, sous une forme codée, les recettes de fabrication de l'infinie complexité des organismes. Ces immenses molécules, les chromosomes, sont continuellement recopiées et transmises en héritage à chaque cellule. Un jeu complet passe à la génération suivante, assurant la pérennité de la bibliothèque entière. Cette activité de bénédictin est extraordinairement précise, les molécules-livres sont recopiées presque à l'identique, mais de très petites erreurs de copie se glissent parfois dans le collier, des variations dont l'effet est généralement négatif, entraînant la mort sans descendance de celui qui en hérite. Parfois au contraire, l'effet de cette variation est positif, favorisant la survie de ceux qui en héritent, et qui donc la transmettent à leur descendance. Cette machinerie statistique produit avec le temps toutes sortes de dérives génétiques adaptatives, ce qui engendre l'infinie diversité du vivant.

La théorie du *gène égoïste* publiée en 1976 par Richard Dawkins pousse les conséquences de ce modèle à une sorte d'extrémité en retournant les composantes existentielles des différents acteurs : la conscience humaine devient une pure illusion. Comme dans *Matrix*, le programme contenu dans l'ADN est présenté comme la seule entité dotée d'une intentionnalité véritable, ce qui lui permet de traverser le temps et l'espace, molécule-essence immortelle, indifférente aux avatars tels que nous, qui n'en serions que les porteurs inconscients et transitoires. Héritier britannique d'un positivisme séducteur, Dawkins est un tenant du discours scientifique anti-créationniste combatif, proposant un athéisme fondé sur la matérialité de l'ADN et des processus organiques[29]. Dans *River Out of Eden*[30], il utilise la métaphore du *fleuve de la vie*, des rivières de gènes coulant à travers le temps, portées par des populations d'organismes qui leur servent de véhicule. Chaque rivière correspond à une espèce, c'est-à-dire à une population d'individus interféconds, porteurs d'une population de gènes qu'ils s'échangent continuellement, avec tous leurs variants. Il est d'ailleurs étonnant de voir à quel point cette toute-puissance algorithmique (celle de l'information génétique) nous est devenue familière. Peut-être parce qu'elle reste parfaitement ajustée aux conceptions dualistes occidentales, de type nature-culture, en inversant seulement les dominations : les humains qui pensaient dominer naturellement le monde, se retrouvent entièrement dominés (programmés) par leurs gènes, donc par la nature.

Mais ce qui m'intéresse ici, c'est l'évidence nouvellement acquise (depuis quand ?) de *fluidité* de la vie en tant que phéno-

---

[29] – Il faut replacer l'athéisme militant de Dawkins dans le contexte anglo-saxon, et surtout étasunien. Dans le pays de Billy Graham et de la *Bible Belt*, plus d'un tiers de la population souhaite aujourd'hui encore que la théorie de l'évolution ne soit pas enseignée à l'école. Ces positions créationnistes, c'est-à-dire fixistes, qui penchent par exemple naturellement du côté du climatoscepticisme, sont généralement anti-science, c'est-à-dire en réalité surtout anti-mobilistes. En face, les scientifiques anti-créationnistes, tel Dawkins, proposent un matérialisme scientifique radical, dont l'anti-humanisme ne laisse lui aussi que peu de place aux nuances.

[30] – Richard Dawkins, *River Out of Eden*, Basic Books, 1995.

mène, qui provient d'une approche statistique de la diversité des échanges au sein d'un groupe, associée à une désubstantification de l'existence individuelle. Du point de vue biologique, la fixation transitoire d'un lot génétique choisi au hasard (par le jeu de la reproduction sexuée) dans un organisme donné à un moment donné, conditionne l'être au monde de celui-ci, ses modalités d'individuation, mais sans que cela n'ait de lien direct avec le devenir de la population entière, si ce n'est par le biais de la capacité de chaque individu à transmettre son information à sa descendance, ce que l'on appelle l'indice de fécondité.

En d'autres termes, l'individuation est un processus contingent dont le fondement échappe à ses protagonistes mêmes : on croit être quelqu'un, alors qu'on n'est que quelque chose. Les humains seraient des animaux comme les autres et la culture un épiphénomène naturel. Comment ne pas y penser dans les rues des mégapoles chinoises ?

La ville liquide

J'ai appris à «lire le paysage» en géologie, à partir des formes visibles et des affleurements, c'est-à-dire de la surface. J'ai aussi appris à «lire» des microphotographies ou des structures moléculaires en biologie: il ne suffit pas de regarder pour voir. Un arbre nous semble immobile et une forêt peuplée d'êtres immobiles, mais il suffit de changer d'échelle (de temps) pour percevoir la frénésie de leurs agitations.

Les villes chinoises sont comme des coulées de lave et le volcan est à l'échelle du pays, un volcan démographique. Lorsque nous vivions à Wuhan en 2010, parmi les onze millions d'habitants, nous n'étions que quatre résidents suisses, y compris nous trois. Quand on atterrit ainsi nulle part, avec un enfant en bas âge, on s'installe sans transition, et ce n'est qu'ensuite que l'on prend des repères un à un, en faisant des boucles de fourmi autour de son nid d'animal. On essaye donc de lire l'espace pour deviner les chemins et les points de ravitaillement, les endroits où trouver ce que l'on cherche, sans vraiment savoir ce que l'on cherche à trouver. L'indéchiffrable de la langue nous contraint à une sensibilité exacerbée d'analphabète. Dans cet état initial de désorientation (qui sera remplacé au cours du temps par son contraire, une familiarité sensible), l'espace architectural et social ne se laisse pas déchiffrer. On cherche naïvement en vain une terrasse ou un café où s'asseoir : il semble ne pas y en avoir, et donc on ne sait pas même où s'arrêter, pour simplement observer. Plus tard au pied d'un immeuble, voyant les gens aller et venir, on descend un escalier ordinaire, devant lequel on est si souvent passé qu'on a fini par se dire : et celui-ci, où mène-t-il ? On découvre alors sous nos pieds une ville souterraine dont on n'aurait jamais soupçonné l'existence, des enfilades d'échoppes et de petits restaurants, des marchés aux fruits et légumes débordants d'épices, des tortues marines faisant attraction, en train de crever dans leur bassin, partout un tourbillon de badauds bavards, du thé, des jeux de cartes et des marchandages. Rien pourtant dans l'architecture de cet escalier n'indiquait ce vers quoi il menait, au contraire, on aurait cru lire une sorte d'escalier de service permettant de rejoindre un parking. Et si cela se trouve, c'était bien sa destination première, la ville souterraine s'était peut-être installée dans un parking, qu'elle avait aménagé à son usage.

On rencontre en Chine assez souvent de telles surprises, il n'est pas rare de pousser une porte et de se retrouver sans transition dans un autre monde : on peut ainsi dans une même tour voir se côtoyer des fonctions très différentes, habitations, bureaux, hôtels, surfaces commerciales, ateliers de réparation, petites entreprises, toutes inscrites dans une même typologie architecturale, les mêmes couloirs, les mêmes distributions des pièces. Lorsque j'étais à Beijing, l'une des librairies les plus intéressantes se trouvait perdue au sommet d'une tour anonyme. Parfois quelques déplacements de parois, des créations de passages plus ou moins bricolés, aboutissent à des aménagements plus conséquents. À côté de cela, on peut aussi retrouver sur plusieurs étages un village entier qui a déménagé là, gardant une part du tissu social le long des couloirs en béton brut, jamais terminés. En général l'aménagement technique, électrique et sanitaire est surprenant, voire chaotique : il semble partout se développer de manière improvisée, sans aucun plan préétabli.

Avec le temps, j'ai fini par comprendre que cette réalité, liée à la manière d'habiter des lieux, se présentait à moi sous l'angle de l'étrangeté relative, par la convergence de deux phénomènes. Le premier tient à l'usage généralisé d'un nombre réduit de modules de construction préfabriqués : on retrouve dans toute la Chine les mêmes revêtements de sol, les mêmes portes, les mêmes fenêtres, les mêmes balustrades, au point qu'il semble exister plus de variété dans les équipements individuels, cuisine, sanitaire, électronique, pourtant très normalisés. Ainsi donc l'escalier de la ville souterraine était véritablement le même que des centaines de milliers d'autres escaliers, au détail près. Cet état de fait en Chine n'est pas seulement le résultat communiste de l'économie planifiée et du boom extraordinaire de la construction[31], mais c'est une manière d'optimiser les questions de production de masse dont l'expérience remonte à plus de deux mille ans[32].

Le second phénomène est relatif à la représentation de l'acte d'habiter, qui en Chine me semble lié au nomadisme, à une tradition ancienne qui perdure jusque dans les tours de verre et de béton.

---

31 – Rem Koolhass à l'époque où il a construit la tour CCTV de Beijing (2004-2009), décrit précisément la situation en ces termes : « On trouve en Chine un dixième du nombre des architectes américains, mais ils conçoivent cinq fois plus de projets, en un cinquième de temps, tout en gagnant un dixième de leurs honoraires », Collectif Choiseul, « Le Renouveau de l'architecture en Chine », *Monde chinois* n°16, Choiseul, 2009.

32 – Lothar Ledderose, *Ten Thousand Things: Module and Mass Production in Chinese Art*, Princeton University Press, 2000.

On ne cherche pas à s'approprier la solidité des murs construits en dur, dépourvus d'histoire, impermanents parce que destinés à être perpétuellement déconstruits et reconstruits. L'utilisation systématique de modules plus ou moins recyclables, dont la brique en terre cuite serait l'emblème, illustre cet état de fait. Même les plus hautes tours ne sont souvent que des sortes de campings verticaux. Ce qui perdure, et qui donc fait l'objet d'un attachement symbolique, c'est la capacité à s'adapter aux espaces disponibles tels qu'ils se présentent, à en exploiter l'indétermination pour y installer ses propres fonctions. C'est assez éloigné de l'idée que nous nous faisons d'une architecture fonctionnelle, mais cela ressemble à la philosophie des mouvements squats, qui m'est familière, et qui en Europe n'apparaît que sous forme d'accidents localisés, découlant d'un défaut d'urbanisation.

Lorsque l'hiver est arrivé, comme une chape sur la ville grise, je suis tombé malade. Je toussais, j'avais de la peine à respirer et je ne guérissais pas malgré les sirops et médicaments divers, médecines occidentale et chinoise confondues. Les semaines passaient, je ne dormais plus, j'avais de la peine à me déplacer le long des trottoirs enneigés, partout il faisait humide et froid. Un jour nous sommes descendus dans un petit institut de massage tenu par des aveugles, l'endroit était encombré et sale, mais les masseurs excellents. Au moment de ressortir cependant, les pieds dans la neige fondante, j'ai été pris d'une quinte de toux sans fin. Le souffle court, j'ai à peine pu rejoindre notre domicile, en marchant comme un vieillard. Je me souviens ensuite de l'hôpital où j'avais alors réussi à prendre rendez-vous, fier quand même de l'avoir fait seul en chinois, de l'attente un après-midi entier à guetter mon nom (安岩) sur le tableau d'affichage, et du médecin qui me posait des questions, un lecteur de cartes de crédit bien en vue sur le bureau : une question, un passage de carte. J'en suis sorti avec une magnifique radiographie de mes poumons et une sorte de décoction, mais aucun diagnostic concret. Ce n'est qu'à mon retour en Suisse que j'ai appris que j'étais asthmatique, et que mon état s'était donc brusquement décompensé cet hiver-là à Wuhan... J'ai repensé à Joris Ivens et à *Une histoire de vent*.

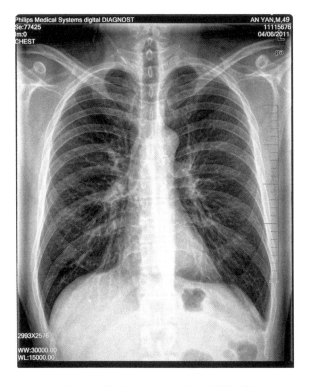

Radiographie de mes poumons faite au Wuhan Hospital durant l'hiver 2011.

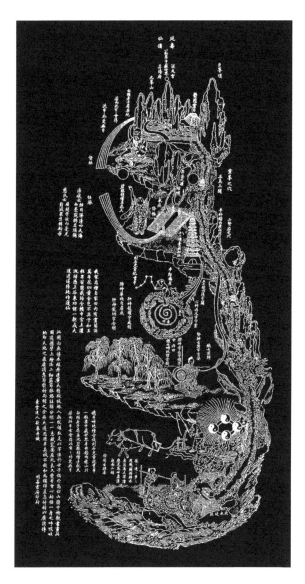

*Motif gravé sur la stèle 内经图 (Neijing Tu) du temple taoïste du Nuage blanc à Beijing, montrant une carte-paysage de l'intérieur du corps, telle qu'on le concevait au XIXe siècle. Elle décrit ce que Needham appelle une «microcosmographie» qui situe les principaux méridiens le long desquels circule le qi, l'énergie vitale (*Science and Civilisation in China: Volume 5*, Chemistry and Chemical Technology; Part 5, Spagyrical Discovery and Invention: Physiological Alchemy, Cambridge University Press, 1983).*

La médecine utilise des représentations fonctionnelles du corps, des cartes, des atlas, des schémas, des images, des récits qui décrivent des circulations, des métabolismes et des transformations. Pour autant habiter un corps reste une opération étrange qui consiste à faire l'expérience d'un collage, d'une juxtaposition entre quelque chose d'immatériel et la matérialité d'un moi-corps objet. Cet accolement peut être vécu de toutes sortes de manières, car en réalité, je ne peux saisir l'immatérialité de ce que certains appellent l'esprit ou la conscience, comme je ne peux me voir dans ma matérialité, ma corporalité, mais seulement me la *re-présenter*, de manière fragmentaire et sur le modèle de celle de l'autre, qui n'est pas moi. Ces irréductibilités conjointes creusent une étrangeté, un vide obscur qui caractérise probablement l'existence humaine au-delà des différences culturelles. Les représentations des corps, de tous les corps, ont pour ambition d'en assurer une certaine maîtrise fonctionnelle, mais peut-être aussi plus profondément, de tenter de construire des ponts au-dessus de ce vide, qui nous habite et nous fonde. Mais cette activité irrépressible est vouée à l'échec, les ponts restent des ponts, et le vide obscur ; il semble qu'aucun progrès ne soit possible à ce propos.

Je me suis beaucoup intéressé à la manière dont la médecine et la biologie ont fourni activement les moyens conceptuels et techniques d'un extraordinaire renouvellement de l'imaginaire collectif dans ce domaine. Or l'effort de décentrement anthropologique qui est une ligne de fond de l'histoire des sciences, s'est continuellement développé en porte-à-faux d'avec la tradition humaniste. Depuis Galilée, il a consisté à déconstruire les représentations qui situent l'humain au centre de l'univers, et à le replacer dans une sorte de périphérie, astronomique, biologique, culturelle. Freud, dans son *Introduction à la psychanalyse*, parle de la « mégalomanie humaine » et se propose de *montrer au moi qu'il n'est seulement pas maître dans sa propre maison, qu'il en est réduit à se contenter de renseignements rares et fragmentaires sur ce qui se passe, en dehors de sa conscience, dans sa vie psychique*[33].

Je me souviens d'un éminent professeur de biochimie qui nous relatait l'incrédulité de ses collègues dans les années 1970, lorsqu'on s'est aperçu que telle ou telle protéine humaine était rigoureusement identique à celle d'une vache, d'une souris, d'une mouche, ou même d'une levure, à quelques détails près. On peut y ajouter aujourd'hui les données pléthoriques issues de la génétique, appliquées par exemple aux populations humaines et à l'étude des ADN anciens, mais aussi celles issues des neurosciences et de la psychologie expérimentale, qui ont accompagné le développement des techniques de manipulations affectives de masse. Ainsi on voit bien se dessiner de tous côtés avec insistance, un double mouvement d'humanisation de l'animal et de biologisation de l'humain. Il se pourrait donc que les humains soient en réalité des animaux comme les autres, victimes d'une forme d'emballement évolutif, conduisant dans leur cas à une hypertrophie du système nerveux central et donc à une inflation des capacités cognitives. Ce phénomène s'est accompagné au plan biologique d'un développement exponentiel des capacités technologiques, couplé à une immaturité zoologique. Cette immaturité, appelée néoténie, est la conséquence accidentelle de l'augmentation des volumes des encéphales, posant un problème de mécanique squelettique, les crânes ne passant plus à travers les bassins des femelles, contraintes de mettre au monde

---

33 – Sigmund Freud, *Introduction à la psychanalyse*, Payot, 2015, p. 266.

des fœtus. Mais comme souvent dans les bricolages de l'évolution, ce qui se présente à un moment comme une tare, peut se retourner et devenir un puissant moteur. Tirant profit de leur nature d'avortons mal nés, ces organismes se sont mis à cultiver des processus d'autoproduction embryonnaires maintenus durant toute la durée de leur existence, rallongeant à l'infini le temps du devenir, vivant en groupes où le langage remplace les messagers chimiques, dans des matrices extra-utérines organisées en société. De ce point de vue, la domestication de l'humain par lui-même précède donc toutes les domestications.

Dans ces groupes d'animaux doués de langage articulé est apparu un mode de transmission nouveau, avec des capacités évolutives bien plus rapides, l'hérédité culturelle, qui ne transmet plus des gènes, mais la mémoire d'une expérience et son récit. Dans un petit livre intitulé *Règles pour le parc humain*, Peter Sloterdijk dresse à ce propos un constat très polémique de l'état des valeurs humanistes sur lesquelles l'Occident s'est construit depuis l'Antiquité : *Deux mille cinq cents ans après la période où écrivit Platon, on dirait que non seulement les dieux, mais aussi les sages, se sont retirés, nous laissant seuls avec notre absence de savoir et nos demi-connaissances en toutes choses*[34].

Sloterdijk prend acte de la fin d'une organisation sociale fondée sur les humanités classiques, sur la lecture d'un corpus philosophico-littéraire commun hérité du monde gréco-romain, supposé éclairer d'une même lumière les élites européennes, et au-delà le monde, comme un flambeau, reléguant les autres dans la sombre nuit de l'ignorance. *La domestication de l'être humain constitue le grand impensé face auquel l'humanisme a détourné les yeux*

---

34 - Peter Sloterdijk, *Règles pour le parc humain, une lettre en réponse à la lettre sur l'humanisme de Heidegger*, Mille et une nuits, 1999, p. 51.

depuis l'Antiquité jusqu'à nos jours – le simple fait de s'en apercevoir suffit à se retrouver en eau profonde[35]. Le reflux des valeurs qui formaient le socle sur lequel la culture occidentale semblait pouvoir naturellement se tenir debout s'avère friable et en partie soluble, c'est-à-dire fluide.

Pourtant la mégalomanie dont parle Freud est culturellement déterminée, tout comme son contraire sociobiologique et déconstruit, associé à un relativisme culturel absolu.

On ne trouve pas vraiment la trace de tels mécanismes excluants dans les traditions extrême-orientales, qui comme dans une peinture chinoise, n'ont pas placé l'humain au centre, ni non plus en périphérie. On a plutôt l'impression d'une inclusion dans un ensemble, proposant un positionnement existentiel qu'il est certainement aujourd'hui intéressant de mettre en lien avec la notion d'anthropocène par exemple, même si, et peut-être justement, parce que la Chine est en train de devenir le lieu d'une dictature algorithmique déshumanisée.

Pages suivantes: Wuhan, quartier de Wuchang (武昌区), vue depuis le toit de notre immeuble en direction du Yangzi.

---

35 – *Ibid.*, p. 40.

LA VILLE LIQUIDE

武汉

Wuhan, mégapole chinoise, ses trottoirs défoncés, son dédale de termitière, le tremblement de terre de l'urbanisation accélérée. L'ordre de marche nous a été attribué par l'administration chinoise. Nous avions préparé notre installation à Beijing, mais trois semaines avant le départ, un courrier nous apprend que ce sera à Wuhan (武汉), mille kilomètres au sud-ouest. Débarqués de l'avion, notre fille endormie sur les valises, une heure et demie de taxi à travers un paysage jaune-gris pour rejoindre le campus. Chez nous, un dortoir étudiant, vingt mètres carrés avec deux nattes déroulées sur deux caisses en guise de lits, deux chaises, deux bureaux, et grand luxe, une salle d'eau privative. La fenêtre donne sur une cour bétonnée, quelques arbres gris et sales, un immeuble délabré et des tours clignotantes qui ferment l'horizon : fini de rire.

Wuhan est une ville industrielle, un nœud ferroviaire, un centre urbain et universitaire en mutation, mi-vingt et unième siècle, mi-tiers-monde, la vraie Chine. On repeint les murs crasseux, on débute le combat perdu d'avance contre les cafards, on achète un ricecooker qu'on pose à côté du lavabo pour faire cuisine, et un frigo à côté du bureau ; on explore les environs, on s'installe. On apprend à se battre au quotidien, pour négocier le nécessaire, suivre les cours de langue, attraper un taxi, supporter la chaleur étouffante ou le froid mordant. Comme tout le monde, on se laisse porter par l'énergie de chacun, dans une sorte de vague de survie collective incroyablement optimiste.

La ville est coupée en deux par le Yangzi Jiang (长江), le plus long fleuve d'Asie, qui charrie une eau immense, traversant la Chine entière en flots boueux, et que des ponts suspendus franchissent de toutes parts. C'est ici qu'au mois de juillet 1966 Mao Zedong (毛泽东) se fait photographier traversant le fleuve à la nage. Il a 73 ans, l'effroi du Grand Bond en avant derrière lui, et la nuit de la Révolution culturelle devant. Cette étrange image de têtes flottantes engagées dans une trajectoire perpendiculaire à celle des fluides mouvants fait aujourd'hui encore froid dans le dos autant qu'elle fascine. On y voit le Grand Timonier sur les eaux troubles de l'histoire, le fleuve nourricier qui de l'Himalaya à la mer de Chine dessine en une ligne sinueuse, d'est en ouest, le milieu du monde du milieu. Il me vient alors un passage du Zhuangzi, écrit au IIIe siècle, et magnifiquement traduit par Jean-François Billeter : *Confucius admirait les chutes Lü-leang. L'eau tombait d'une hauteur de trois cents pieds en écumant sur quarante lieues. Ni tortues ni crocodiles ne pouvaient se maintenir à cet endroit, mais Confucius aperçut un homme qui nageait là. Il crut que c'était un malheureux qui cherchait la mort et dit à ses disciples de longer la rive pour lui porter secours. Mais quelques centaines de pas plus loin, l'homme sortit de l'eau et, les cheveux épars, se mit à se promener sur la berge en chantant. Confucius le rattrapa et l'interrogea : « Je vous ai pris pour un revenant mais, de près, vous m'avez l'air d'un vivant. Dites-moi : avez-vous une méthode pour surnager ainsi ? — Non, répondit l'homme, je n'en ai pas, je suis parti du donné, j'ai développé un naturel et j'ai atteint la nécessité. Je me laisse happer par les tourbillons et remonter par le courant ascendant, je suis les mouvements de l'eau sans agir pour mon propre compte. — Que voulez-vous dire par : partir du donné, développer un naturel, atteindre la nécessité ?* » demanda Confucius. L'homme répondit : « *Je suis né dans ces collines, et je m'y suis senti chez moi : voilà le donné. J'ai grandi dans l'eau et je m'y suis senti peu à peu à l'aise : voilà le naturel. J'ignore pourquoi j'agis comme je le fais : voilà la nécessité*[36]. »

À pied, en taxi, en bus, nous explorons l'immensité du dédale qui se présente à nous. Regarder, observer, étudier, comprendre est un lent travail. En bas de chez nous se trouve une rue commerçante spécialisée dans l'électronique à destination des étudiants des universités alentour. Ils sont plus d'un million. Chaque immeuble, chaque tour, étage après étage, est un lacis infini d'échoppes individuelles, des bazars verticaux, vendant et revendant, semble-t-il, tout ce qui peut se produire sur terre dans ce domaine.

Le regard suit l'étonnement, mais cet étonnement chaque jour se transforme, le plus souvent il s'efface lentement, il est remplacé par le simple fait d'être là ; parfois au contraire, il s'approfondit. L'effet d'exotisme s'atténue donc dans une sorte de transformation existentielle en partie contradictoire, où l'on devient progressivement un étranger moins étranger, plus vraiment un touriste. Cela ne se fait qu'au contact de mille détails très divers, intégrés dans un désordre apparent qui mêle l'étude, le hasard des rencontres, la succession des saisons, et pour moi une sorte de travail de réminiscences très intérieur, continu, immergé dans un quotidien qui ne se laisse décrypter que par fragments. Dans cet entre-deux habité, la sensation d'exotisme se déplace

---

36 – Jean-François Billeter, *Leçons sur Tchouang-Tseu*, Allia, 2009, p. 29.

武汉

en retour vers sa culture d'origine, qui acquiert presque sans que l'on s'en aperçoive, une forme d'étrangeté se creusant jour après jour. On ne mesurera vraiment ce déplacement intérieur qu'au retour, ou plutôt à son impossibilité, marquant une irréversibilité.

Or donc, parmi les étonnements qui subsistent aujourd'hui encore pour moi, il y a la manière d'être libre dans la contrainte, un imaginaire du corps *ni objet ni sujet*, un vécu de l'art sans modèle abstrait, opérant à partir du tangible, et l'intérêt porté à certaines pierres choisies, à la frontière étrange entre l'organique et le minéral. C'est de tout cela dont j'aimerais parler.

Au haut de la rue Cuiwei (翠微路), dans l'ancienne ville de Hanyang devenue un quartier de Wuhan (汉阳区), il y a un magasin de thé. J'y ai acheté une très belle pince en bois servant à tremper les bols minuscules utilisés pour le Gong Fu Cha dans l'eau bouillante avant d'y verser l'infusion. L'univers des thés chinois ouvre des perspectives comparables à celles des vins, faites d'infinies variations de goûts, de parfums et de couleurs. Même si le vin et le thé ne se ressemblent guère à priori, ils sont pourtant tous deux liés à des terroirs et à des savoir-faire compliqués, ancrés dans des traditions séculaires. L'un et l'autre sont bien plus que de simples boissons, ils renvoient à des cultures et à des fonctions symboliques inscrites dans des récits anciens. Tous deux présentent une combinaison entre une complexité aromatique et un effet psychotrope. Les arômes varient en fonction des saisons et des origines, c'est-à-dire des jardins ou des vignobles, et des conditions météorologiques qui y règnent à un moment donné, dessinant des sortes de cartes gustatives, des projections sensibles du paysage et de son histoire. L'effet psychotrope, qu'il soit relié à l'alcool ou à la théine, est associé dans les deux cas à une ouverture de la conscience, mais selon des modalités presque opposées.

Selon le mythe grec, c'est en voyant un serpent manger du raisin que Dionysos découvre le vin. Prématuré incubé dans la cuisse de Zeus comme dans une couveuse, il est le fils du roi du ciel errant sur terre dans un corps de vagabond androgyne. Accompagné des ménades extasiées et des satyres, il répand le désordre et voyage jusqu'aux Indes et retour. Le culte dionysiaque rejoue son histoire, et invente le théâtre et sa fonction de représentation cathartique, où le vin devient le sang du dieu. L'ivresse dionysiaque fait donc affleurer le refoulé, et désigne les limites de la connaissance qui de tous côtés plonge dans l'obscurité de l'inconscient. Boire et s'enivrer revient à faire l'expérience de la réfutation du rêve platonicien, celui de la toute-puissance de la raison géométrique, et sonne comme un avertissement accompagné d'une promesse, celle d'un accès possible aux infinies métamorphoses du désir.

Le thé dans la tradition taoïste et zen en tous cas, donne également accès à une forme d'ouverture de la conscience. Mais il éclaire l'âme en la vidant, conduisant à une sorte de syntonie existentielle, comme dans le poème bien connu de Lu Tong (790-835), dont je tente ici une traduction partielle et certainement très téméraire :

一碗喉吻潤
二碗破孤悶
三碗搜枯腸
惟有文字五千卷
四碗發輕汗
平生不平事盡向毛孔散
五碗肌骨清
六碗通仙靈
七碗吃不得也
唯覺兩腋習習清風生

La première tasse humecte ma lèvre et mon gosier,
La seconde rompt la mélancolie de ma solitude,
La troisième purifie mes entrailles
et ramène à mon esprit tout ce que j'ai lu et étudié,
La quatrième me procure une légère transpiration,
toutes les tribulations de ma vie s'en vont par mes pores,
À la cinquième, mon corps est purifié,
La sixième me conduit sur le chemin de l'illumination,
La septième tasse reste fumante, nul besoin de la boire,
Je sens seulement le souffle du vent froid gonfler mes manches.

On peut continuer ainsi à étendre le jeu des contraires ; ces sortes de palindromes culturels sont communs lorsqu'on entre dans les mondes chinois, produisant régulièrement une impression spectrale de traversée du miroir, celle de reconnaître le même objet ou la même fonction, dans une situation qui renvoie à la fois à la ressemblance et à la différence. Aussi semblables et différentes que les deux mains, gauche et droite, ce qui renvoie pour moi à la notion chimique de chiralité dans les biomolécules contenant des centres stéréogènes, le plus souvent des carbones asymétriques.

En tant qu'artiste concerné à ma manière par les rapports entre art et science, je dois avouer être affecté d'une sorte de *Smithson mania* qui m'a beaucoup conduit de par le monde sur les traces de Robert Smithson et de sa fascination pour les renversements en miroirs : *Two asymmetrical trails that mirror each other could be called enantiomorphic after those two common enantiomorphs – the right and the left hands. Eyes are enantiomorphs. Writing the reflection is supposed to match the physical reality, yet somehow the enantiomorphs don't quite fit together*[37]. Cette résonnance m'a accompagné jusqu'au fond de la Chine, elle s'est approfondie même, notamment parce que la méga-urbanisation chinoise me paraît être en continuité d'avec celle d'après-guerre en Amérique du Nord et conduit aux mêmes types de questionnements.

Du côté de la sinologie, la thématique de l'altérité est également souvent reprise, Anna Seidel écrit en préambule d'un article sur le taoïsme : *On peut comparer la fascination que la Chine exerce sur nous à une attirance érotique : elle suscite en effet d'une façon analogue, par sa mystérieuse « altérité », une multitude d'idées et d'images oniriques*[38]. Et de citer ensuite Simon Leys : *Du point de vue occidental, la Chine est tout simplement l'autre pôle de l'expérience humaine*[39], qui lui-même renvoie au spécialiste de l'histoire des sciences

---

37 – *Deux trajets asymétriques, dont l'un reflète l'autre* [Smithson voyage alors dans le Yucatan], *peuvent être qualifiés d'énantiomorphiques, d'après les énantiomorphes ordinaires que sont la main droite et la main gauche. Les yeux sont énantiomorphiques. Décrire un reflet est supposé correspondre à la réalité physique, mais d'une manière ou d'une autre, les énantomorphes ne s'ajustent pas complètement.* Robert Smithson, « Incidents of Mirror-travel in the Yucatan », Artforum, 1969, in Robert Smithson: *The Collected Writings*, Jack Flam éd., Berkeley, University of California Press, 1996, p. 131, traduction de l'auteur.

38 – Anna Seidel, « Taoïsme, religion non officielle de la Chine », traduit par Farzeen Baldrian-Hussein, *Cahiers d'Extrême Asie* n°8, 1995, pp. 1-39.

39 – Simon Leys (Pierre Ryckmans), *L'Exotisme de Segalen*, préface à *Stèles* de Victor Segalen, La Différence, 1989.

chinoises, Joseph Needham: *C'est un phénomène passionnant, car la culture chinoise est à vrai dire, le seul corps de pensée d'une complexité et d'une portée aussi grandes, sinon plus grandes, que la nôtre ; après tout, la civilisation indienne, si intéressante soit-elle, fait davantage partie de nous-mêmes. Notre langue est indo-européenne, dérivée du sanscrit. Notre théologie répète l'ascétisme indien; Zeus Pater devient Dyaus Pithar. [...] Au contraire, la civilisation chinoise présente l'irrésistible charme de ce qui est totalement autre, et seul ce qui est totalement autre inspire l'amour le plus profond, avec le désir le plus puissant de le connaître*[40].

Cette notion d'altérité est bien sûr subjective, voire subjectivante, dans le sens où elle conduit à un double mouvement d'exploration de l'autre autant que de soi-même. De cas en cas, d'un auteur à l'autre, reste donc à comprendre quelle forme libidinale est active à priori face à une réalité aussi complexe, car il est possible de créer dans ce domaine une infinité de boucles narcissiques, dont les circulations sont parfois orientées dans des directions diamétralement opposées[41]. En dehors de la notion d'exotisme, en elle-même fort problématique, le discours sur l'altérité culturelle dans le contexte chinois ne peut cependant pas être neutre, car il a des résonances politiques très concrètes et immédiates. En effet le régime communiste utilise cette dialectique de l'ethnospécificité associée à un discours postcolonial revanchard pour justifier la dictature technologique que l'on voit se renforcer de jour en jour, promue au rang de modèle alternatif aux social-démocraties occidentales. Or un artiste en résidence en Chine se trouve dans la position naïve de celui qui

---

40 – Joseph Needham, *La Science chinoise et l'Occident*, Seuil, 1973, p. 123.
41 – Frédéric Keck, « Une querelle sinologique et ses implications. À propos du Contre François Jullien de Jean-François Billeter », *Esprit*, février 2009.

débarque, c'était en tout cas mon cas. Le double enjeu esthétique et éthique consiste à dépasser un ensemble de clichés et d'idées préconçues, dont on n'a qu'une vague idée à priori, tout en restant centré sur son propre travail, ce qui n'est pas une mince affaire. La seule méthode qui me soit apparue est d'entrer dans la complexité de la réalité telle qu'elle se présente, avec tous les moyens possibles, ce qui peut prendre du temps.

Pages suivantes : La Spiral Jetty *de Robert Smithson, photographiée en août 2019, sur la rive du Grand Lac Salé dans l'Utah en période de sécheresse, à environ une heure de route au nord de Salt Lake City, 41°26'17" N 112°40'8" W.*

武汉

Tripes

Un peu plus loin sur la rue Cuiwei à Wuhan, près du temple aux cinq cents Bouddhas (归元神寺), se trouve l'entrée du 武汉中华奇石馆, le musée des pierres particulières, étranges, rares, ou remarquables, le caractère 奇 (*qi*) se trouvant à la frontière de tous ces sens. C'est un musée semi-privé, le bâtiment neuf au style pseudo-Ming à deux étages entoure un jardin trop soigneusement entretenu. Des troncs pétrifiés, des pins et des bambous côtoient des pierres levées, placées dans de subtils arrangements dont la composition renvoie à la peinture classique et aux jardins de pierres de Suzhou et Hangzhou[42].

Ces roches, souvent des calcaires, m'ont étonné dès mon arrivée en Chine. On en croise partout et de toutes les tailles, le long des rues, sur les giratoires, à l'entrée des usines, des écoles ou des restaurants, dans les parcs, les hôtels ou les shopping malls, et jusque dans les appartements. Je ne connaissais alors pas grand-chose de la tradition des pierres de lettrés ou des jardins de pierres, si ce n'est mes visites de la Cité interdite ou du Palais d'été. Mais mon univers sensible est celui de la déambulation et du détour, en périphérie, et c'est presque sans le vouloir sous sa

---

42 – Pierre et Suzanne Rambach, *Jardins de longévité, Chine Japon, L'art des dresseurs de pierres*, Skira, 1987.

forme pop ordinaire que j'ai vraiment abordé cette esthétique. Des plus simples et authentiques aux fac-similés les plus kitschs, tous les niveaux de la société semblent en effet s'identifier à ces pierres choisies, dont l'esthétique se situe entre l'écume minéralisée et celle vernissée des ice-creams fondants. Déplacées comme hors-sol dans des contextes souvent incongrus, elles produisent un type de contraste spécifique, quasi iconique de la culture chinoise.

Les authentiques pierres de lettrés, *scholar stones* en anglais, les 供石 (*gongshi*), sont présentées telles qu'elles ont été trouvées, l'essentiel de l'opération esthétique ayant consisté à les avoir choisies, déplacées, puis montées sur des socles parfois très complexes. La pétrophilie, la passion chinoise pour les pierres, est très ancienne ; elle trouve sa source dans l'intérêt des poètes et des peintres, donc des lettrés, pour ces roches dites étranges, mais aussi dans une philosophie qui mêle microcosme et macrocosme, sans frontière tangible entre l'organique et le minéral, l'animé et l'inanimé[43].

Celles qui sont placées un peu partout dans l'espace public sont de qualité inégale, souvent préparées, voir transformées par des producteurs spécialisés chez qui on peut aller les choisir dans de curieux espaces périurbains où elles se trouvent réunies en bord de route, formant des sortes d'alignements mégalithiques à vocation commerciale. D'autres encore sont simplement de faux rochers sculptés en ciment ou en matière synthétique,

---

43 – Albert Luz, *To Paradise through Stone: Tales and Notes on Chinese Scholar's Stones*, Herzog & De Meuron, *Natural History*, edited by Philip Ursprung, Canadian Center for Architecture, Lars Müller Publishers, 2002, p. 109.
Graham Parkes, « La Pensée des rochers – la vie des pierres. Réflexions sur une passion chinoise », revue *Diogène* n°207, 2004, p. 95, disponible sur cairn.info.

avec une virtuosité parfois impressionnante. Elles sont légion et constituent un leitmotiv incontournable du langage architectural qui accompagne la superurbanisation chinoise.

Alors que je découvrais la Chine, lors de mes explorations pékinoises à vélo, je suis passé un jour à côté d'un parc construit autour d'une sorte de monument, dont le centre semblait être un bout de montagne, posé en bordure du quatrième périphérique. Le géologue naïf en moi s'est demandé comment il était possible de trouver ici cette formation rocheuse, émergeant de la plaine alluviale plate comme une assiette, faite d'une épaisse couche de sédiments jaunes qu'on appelle le loess et sur laquelle la ville est construite. J'ai fait le tour de cette masse rocheuse de loin, puis je me suis approché : c'était en réalité une réplique en polyester, grandeur nature, d'un fragment de la Forêt de pierres 石林, un haut lieu de la culture karstique chinoise situé dans le Yunnan, non loin de Kunming. Le travail de sculpture était remarquablement réaliste, mais il sonnait creux, et en faisant le tour par derrière, j'ai remarqué par endroits des déchirures dans la structure, puis plus loin un trou assez large pour que je puisse passer et donc entrer dans le rocher ; l'intérieur ressemblait à une drôle de cathédrale en fibre de verre translucide soutenue par un lacis de ferraille rouillée. Le sol était jonché de déchets et quelques sacs de couchage indiquaient qu'on y avait élu un domicile de misère.

Le musée des pierres étranges de Wuhan quant à lui était flambant neuf, avec de fausses laques en plastique et également beaucoup de polyester. En Europe, c'eût été un musée de géologie, avec son diorama dévolu à d'impressionnants fossiles de dinosaures au premier étage, et une section de minéralogie scientifique au rez. Cependant dans les vitrines, les roches et les cristaux se trouvaient chacun curieusement présenté sur un socle en bois précieux finement travaillé ; ce rapport entre une présentation systématique de nature scientifique et une esthétisation du support produisait un savoureux contraste. Dans le reste du musée, la dimension esthétique prenait clairement le dessus, présentant des roches de tailles et de natures très variées, exagérément vernissées et mises en scène sur des socles ouvragés, suivant une logique de présentation traditionnelle librement réinterprétée.

Mais c'est dans une grande salle au fond du musée que j'ai découvert une installation qui a achevé de faire basculer le quant-à-soi du visiteur occidental que j'étais alors : il s'agissait d'une grande table à manger circulaire, garnie de bols et de couverts, richement dressée pour un repas, comme dans un restaurant. Les plats étaient servis et la table débordait de nourriture ; mais l'ensemble des aliments proposés était constitué de minéraux et de roches divers, soigneusement choisis pour leur ressemblance organique avec de véritables aliments. Cette table de pierre présentait pour moi un spectacle aussi inattendu que fascinant : l'illusion était basée sur la minéralogie des voiles de calcite blanc-beige veinée d'impuretés de fer oxydé rouge carmin, qui imitaient naturellement des morceaux de viande lardés de gras. Les diverses impuretés prises dans ces roches fournissaient des matières translucides allant du beige au brun foncé, en passant par toute la gamme des ocres rouges et vertes, alors que la surface présentait une texture mate couverte de fines dépressions régulières qui la faisait ressembler à de la peau nue. D'autres en galets semblaient des pains. Les roches étaient présentées telles qu'elles avaient été trouvées, avec pour seul apprêt un débitage en tranches, comme de la nourriture. Cette sorte de minéralogie gastronomique, pour surprenante qu'elle apparût aux yeux naïfs d'un visiteur tel que moi, est ordinaire dans la culture chinoise, et j'ai souvent trouvé depuis, dans les boutiques de souvenirs ou de décoration, des tranches de lard du même genre[44].

Exemple ordinaire de tranche de calcide veinée d'oxydes de fer achetée à Chongqing.

Dans ce registre, la pièce iconique est probablement le 肉形石 (*rou xing shi*) conservé dans les collections du National Palace Museum de Taipei, l'une des plus importantes du monde chinois, qui réunit une impressionnante quantité d'objets et d'œuvres d'art, issus en grande partie des collections impériales évacuées de la Cité interdite en 1933 lors de l'invasion japonaise, puis transportées à travers toute la Chine en un incroyable périple pour finir par être transférées en 1948 et 1949 sur l'île de Taiwan

---

44 – Mis à part les collections scientifiques et la gemmologie, la pétrophilie, c'est-à-dire l'amour des pierres, celui qui pousse à les collectionner, existe sous de nombreuses formes ailleurs qu'en Chine. Roger Caillois en est un exemple significatif, dans *L'Écriture des pierres* (Skira, Champs Flamarion, 1970, p. 47), il dresse un portrait passionnant du point de vue occidental, mais où les seules roches chinoises qui retiennent son attention sont les « pierres de rêve », des plaques de marbre dans lesquelles se devinent des paysages, c'est-à-dire des images dont la mode date de la fin des Ming.

par le Guomindang, le parti nationaliste chinois fuyant l'avancée des communistes. Or l'une des « trois merveilles » les plus populaires du musée de Taipei est le 肉形石, la « pierre qui semble de la viande », une petite sculpture de jaspe de moins de six centimètres, qui montre un morceau de porc cuit à la manière de Su Dongpo, le poète du XIe siècle. La fascination qu'exerce cette pièce dans la culture chinoise est tout à fait singulière, issue de processus complexes d'élection historique et symbolique, elle subit le destin des objets d'art dépassés par leur charge iconique, devant lesquels un flot continu de spectateurs défile sans plus pouvoir s'arrêter. Cette fascination pour un morceau de lard en jaspe autant que le repas de pierre du musée des pierres étranges a quelque chose de vertigineux pour moi : je pense bien sûr aux récits de famine si souvent entendus parmi nos amis chinois, tout le monde ayant quelque chose à raconter à ce propos, une expérience vécue ou proche ; les millions de morts causés par l'élan révolutionnaire du Grand Bond en avant ne sont en réalité jamais très loin. Au quotidien, cela raisonne dans mille détails, comme cette habitude de commander ou de servir en excès la nourriture et d'en gaspiller ostensiblement une part.

Mais cette table pétrifiée produit aussi pour moi un basculement, presque un renversement : dans un musée de minéralogie au propos qui hésite continuellement entre une éthique scientifique, caractérisée par une sorte de neutralité objectivante qui m'est familière, et une esthétisation culturellement déterminée, elle matérialise une sorte de confusion des genres soudainement débordante. Les idées de science et d'art, d'objectivité et de subjectivité, de nature et de culture, d'animé et d'inanimé semblent alors danser une sorte de carnaval. Si on lit les critiques d'art chinois qui décrivent l'intérêt pour une pièce telle que le 肉形石, outre la performance technique, la préciosité et la troublante ressemblance naturelle, il est souvent question d'appétence, comme si le degré de perfection n'était pas seulement à la mesure de la mimèsis, relevant de l'expertise visuelle, mais aussi de la capacité à faire saliver le spectateur. Cette manière sans doute très chinoise, d'impliquer le corps dans un jugement esthétique par le biais de la gustativité, m'a d'abord surpris. Mais passé cette sorte d'incrédulité de départ, et avec le recul d'un temps d'immersion long (dont il est impossible de faire l'économie), c'est l'étonnement de l'étonnement qui s'est creusé : finalement, pourquoi le fait d'engager le goût – au sens premier – dans un processus de jugement esthétique, m'apparaissait-il sous un jour si étrange(r) ?

Face à ces pierres levées chinoises et aux pierres de lettrés sur leurs socles, à leur esthétique turbide, à la pétrophilie telle qu'elle se manifeste dans cette culture, avec ses fonctions symboliques propres, ses avatars, ses déclinaisons, ses réductions, ses fac-similés, je reste étonné. Car dans mon monde aussi il existe une culture de la pierre levée qui plonge ses racines dans un autre néolithique, celui des dolmens, des bornes et des cairns, du Göbekli Tepe, des stèles anthropomorphes, des axis mundi de Delphes et des Orcades, des marbres cycladiques, celles des innombrables gisants et des cercueils de pierre, celles aussi de la pierre de Jacob et du nom de l'apôtre, qui résonnent me semble-t-il, jusque dans les objets spécifiques du minimalisme, les earthworks du Land Art, et même le monolithe de *2001 Space Odyssey*. Le festin de pierre de Wuhan est présenté dans son contexte comme une sorte d'animation culturelle destinée à attirer le visiteur chinois. Ma surprise vient en partie du fait que cette installation ne m'est pas adressée. Cependant elle met en jeu une modalité de contemplation esthétique qui me paraît renvoyer à certaines difficultés récurrentes rencontrées dans mes tentatives, pourtant répétées, d'interactions et de discussions avec des artistes chinois, connus ou inconnus: l'impression diffuse que nous ne parlions pas de la même chose lorsque nous parlions d'art.

L'une des caractéristiques principales de l'art contemporain chinois est de s'être développé dans un contexte de contestation politique et de critique sociale très engagée, sans soutien institutionnel local, sans marché intérieur, entièrement tourné vers l'exportation, ce qui en fait un cas assez particulier. Peut-être est-ce à cause de cette caractéristique, qui correspondait alors à l'ensemble du modèle économique chinois tel qu'il se présentait dans les années 1990, qu'une frange d'artistes engagés a pu trouver le moyen d'exister en échappant dans une certaine mesure au contrôle idéologique, voire même en exploitant de manière ambiguë, une esthétique contestataire brièvement mise à la mode par le marché international. Inutile de dire que depuis (l'arrivée au pouvoir de Xi Jinping), le vent a changé de direction, redonnant la priorité à l'idéologie devant l'économie, ce qui a eu pour conséquence une reprise en main de la diplomatie culturelle, sous l'angle d'une propagande 2.0[45]. Mais cet aspect des choses n'est que l'écume qui recouvre la vague. Si après l'effondrement de l'URSS, certains artistes chinois ont très rapidement su de quelle manière exploiter l'hypervisibilité

---

45 – Pour les spectateurs attentifs, l'évolution du pavillon chinois à la Biennale de Venise, qui avait vu en 1999 sur l'invitation d'Harald Szeemann, l'irruption des artistes chinois sur la scène internationale, en est une illustration assez saisissante. Il n'y a pas de pavillon chinois dans les *Giardini* de la Biennale d'art. Comme d'autres pays, la Chine a donc, depuis 1999 seulement, un espace réservé au bout du bâtiment de l'Arsenal. S'il a vu passer la première vague très dynamique et contestataire des artistes contemporains chinois, il voit aujourd'hui le retour, sous une forme subtilement actualisée, de la notion d'artiste officiel.

associée au contexte politico-économique, la plupart d'entre eux entretenaient traditionnellement deux activités artistiques parallèles, l'une publique, adaptée à une demande commerciale, l'autre privée, souvent très différente. Or ce modèle, pour eux ordinaire, est subtilement décalé relativement à l'idée moderniste que l'on se fait en Occident de l'artiste en tant qu'auteur identifié. Les artistes chinois connaissent en général mieux notre contexte culturel qu'on ne connaît le leur, ce qui leur a permis de jouer avec les notions d'original et de copie, d'élaboration individuelle et collective, qui dans le contexte chinois ont un statut radicalement différent de celui qui nous semble aller de soi[46]. Ce qui m'intéresse donc se trouve placé du côté d'une activité à priori peu visible, qui nécessite de faire abstraction, dans la plupart des cas, de la production destinée au marché de l'art international. Au travers de la manière de construire le regard, j'ai essayé d'étendre pour moi-même, la façon d'envisager ce que nous appelons « art » en tant qu'activité, en tentant de comprendre comment celle-ci se déploie dans un champ esthétique entièrement alternatif, fondé sur des échelles de valeurs indépendantes des miennes. C'est la raison pour laquelle me reste en mémoire cette surprise toute personnelle, face à une installation sans doute assez anodine, au fond d'un musée improbable, perdu dans les méandres d'une mégapole chinoise, loin des circuits touristiques.

Or donc dans ce repas de calcite, il me semble que le corps et sa représentation, ses élans, ses appétits, mais aussi l'idée de mou-

---

[46] – En chinois, « étudier » se dit 学习 (*xuexí*) littéralement « imiter-répéter ». Il faut imaginer par exemple les examens d'entrée dans les facultés des beaux-arts, qui aujourd'hui encore réunissent des milliers de candidats dans des salles immenses pour reproduire les deux mêmes images, l'une en noir et blanc, l'autre en couleur : je n'ai jamais réussi à comprendre comment le jury faisait pour opérer ensuite une sélection.

vement et d'immobilité, ainsi que la notion même de représentation, expriment pour moi à cette occasion, presque un retournement. Nietzche dans *Vérité et mensonge au sens extra-moral* écrit : *Mais que sait en vérité l'homme de lui-même ? Et même serait-il seulement capable de se percevoir lui-même, une bonne fois en entier, comme exposé dans une vitrine illuminée ? La nature ne lui dissimule-t-elle pas la plupart des choses, même en ce qui concerne son propre corps, afin de le retenir prisonnier d'une conscience fière et trompeuse, à l'écart des replis de ses intestins, à l'écart du cours précipité du sang dans les veines et du jeu complexe des vibrations de ses fibres !*[47] Il me semble qu'un axe possible de retournement se situe quelque part dans la perception des mouvements dans le corps, incarné au sens psycho-physiologique, c'est-à-dire le corps métabolisant, agissant, dans un espace physique et social déterminé, ainsi que dans une temporalité finie ; le corps qui naît, qui grandit, qui interagit, qui mange et digère, qui vieillit et qui meurt. Mais le mot *corps* est impropre à qualifier ce dont je voudrais parler, car en Occident, il renvoie inévitablement à une fragmentation de la réalité psychique et biologique. Je ne trouve pas le mot exact dans ma langue, celui qui désignerait une sorte de totalité floue réunissant ce que nous appelons le corps, la conscience, l'esprit, l'âme, le souffle et l'ensemble des processus de renouvellement et de dégénérescence qui nous constituent.

Lorsque je me regarde dans un miroir, je ne me vois pas, je ne sens rien, je ne vois qu'une enveloppe inversée ; hormis le regard, comme une interrogation, qui scrute quelque chose, mais quoi ? L'être au monde tel qu'il se présente en Occident semble irréconciliable d'avec lui-même. Entre l'enveloppe, visible seulement de

---

47 – Friedrich Nietzsche, *Vérité et mensonge au sens extra-moral*, Folio plus philosophie, 2016, p. 9.

l'extérieur, et l'intériorité aveugle, ne pouvant être ressentie qu'à tâtons de l'intérieur, il ne semble pouvoir exister qu'un rapport de juxtaposition hybride, de chimère existentielle, sans véritable solution de continuité. Chaque culture, la mienne en tout cas, en est réduite à bricoler des appontages, à ficeler ensemble tant bien que mal des percepts disparates.

La représentation chinoise du réel n'est pas dualiste, sa culture s'est développée dans un cadre postchamanique, les pierres sont habitées par un souffle au même titre que tout ce qui est, et donc d'une certaine manière, elles sont aussi vivantes que vous et moi. Cette perspective vitaliste fait contraste avec la manière dont nous pensons les rapports entre sujets et objets : les notions de (re)connaissance et de (re)présentation dans les domaines scientifiques autant qu'artistiques, sont basées sur une sorte d'immobilité, de stabilisation par dévitalisation de l'*ob-jet*. L'objet devient une chose, une *cosa*, dont il est possible, et même souhaitable, de débattre entre sujets raisonnants dans ces face-à-face où l'abstraction, c'est-à-dire l'idée de retrait du corps, joue un rôle fondateur. Lorsque Heinrich Wölfflin écrit : « Rappelons tout d'abord qu'il est d'usage de nommer pittoresque tout ensemble de formes qui procure une impression de mouvement, même si l'objet est immobile[48] », il me semble qu'on peut lire en miroir l'immobilité attendue du sujet-spectateur en tant que condition de son objectivité, de sa scientificité critique, qui

---

48 – Heinrich Wölfflin, *Principes fondamentaux de l'histoire de l'art*, Gallimard, 1966, p. 34.

passe par l'oubli hypnotique de son propre corps, comme au cinéma[49].

Si j'essaye de remonter dans ma propre culture, le fil d'une histoire en raccourci de la représentation du mouvement, je pourrais partir du cinéma ou de la vidéo, c'est-à-dire de «l'image en mouvement», qui renvoie à l'histoire de la photographie (en passant par la chronophotographie), qui à son tour renvoie à la peinture, ou plutôt à la profondeur de l'espace pictural, qui en Occident depuis la Renaissance, emprunte à la sculpture, inséparable de l'héritage antique: «[...] c'est même ce qui surprit d'abord les Chinois quand ils découvrirent des peintures européennes: ces personnages ne sont pas peints, mais sculptés![50]» Cette manière d'envisager le mouvement au travers de la représentation de corps sculptés dans le marbre (c'est-à-dire dans un calcaire compressé) ou dans le bronze (c'est-à-dire dans la plasticité de l'argile), s'est construite autour de l'idée de potentiel locomoteur, capturant une sorte de suspension immobile, une dynamique de l'instant, qui précède un déplacement dont l'anticipation (l'attente, le désir) fait vibrer l'espace. L'une des figures traditionnelles qui incarne le mieux cet équilibre limite, jusque sur les plateaux des défilés de mode, est celle du *contrapposto*. Réintroduite à la Renaissance par Donatello, elle puise son origine dans le premier classicisme grec, le *Doryphore* de Polyclète en tisse la perfection mécanique rendue visible

---

[49] – Heinrich Wölfflin utilisait deux projecteurs à diapositives montés en parallèle pour donner ses cours d'histoire de l'art au début du XXe siècle à Bâle et Zurich. Ce dispositif comparatiste alors novateur, permettait une sorte de zapping dans le temps et l'espace, décontextualisant chaque image pour mettre en évidence des analogies formelles, l'aspect extérieur et les styles, donnant naissance au formalisme moderne. Il a succédé à l'Université de Bâle à son maître Jacob Burckhardt, spécialiste de la Renaissance, et il a notamment eu pour élève Ernst Gombrich dont l'histoire de l'art reste aujourd'hui encore une sorte de passage obligé, ainsi que Naum Gabo, ce qui dans le domaine art et science, nous conduit au formalisme gestaltiste d'un György Kepes (cf. pp. 140-142).

[50] – François Jullien, *La grande image n'a pas de forme, ou du non-objet par la peinture*, Seuil, 2003, p. 180.

jusque dans ses derniers détails: une mèche engagée, une autre relâchée. On voit alors apparaître dans une sorte de maillage fractal, sous la forme d'une succession de tensions et de relâchements placés en équilibre absolu, une enveloppe corporelle surhumaine affleurant à la surface d'un volume devenu transparent, telle une extraordinaire machine *auto-mobile*. Cette danse psycho-physiologique qui affleure à la surface de ce qui devient une statue par le fait même de cet affleurement, renvoie en miroir à la conscience que le sujet-spectateur a de lui-même.

Lors d'une visite en 2016 au Philadelphia Museum of Art, dans la salle située à côté de celles consacrées au travail de Marcel Duchamp, dont le *Nu descendant l'escalier 2*, je suis tombé sur l'installation vidéo monumentale de Bruce Naumann, *Contrapposto Studies, I through VII*. L'artiste y décompose l'image de son corps en train de marcher « en *contrapposto* » dans son atelier. La juxtaposition de ces deux travaux m'a semblé actualiser magnifiquement la surprenante récurrence de ces thématiques archaïques[51].

Si l'on considère l'influence de tels procédés sur l'histoire de l'art occidental, ce face-à-face par purifications réciproques du sujet et de l'objet semble tellement fondateur, jusque dans la manière d'articuler le langage et de tisser l'écriture, qu'il est fort possible que nous n'en soyons jamais sortis. On pourrait peut-être même lire une partie de l'histoire de l'art occidental comme une série de tentatives et d'échecs successifs pour essayer de sortir de ce

---

51 – La manière dont la statuaire grecque a fait évoluer ces procédés (avec le deuxième classicisme et Praxitèle), vers une manière de décentrement de l'équilibre poussé hors de l'enveloppe corporelle de l'objet-statue est tout aussi significative: utilisant la résonnance du mouvement dans le vide de l'espace scopique, il invente une sorte d'instantanéité photographique, qui donne au regardeur le rôle du proto-photographe, c'est-à-dire de celui dont le regard transforme l'instant en éternité, figeant la mémoire du mouvement dans l'autoproduction réciproque du sujet et de l'objet. Cette sorte de peep-show divin semble raisonner aujourd'hui encore jusque dans les derniers recoins de la société du spectacle.

déterminisme. Les questions du beau, du sublime ou du pittoresque, ainsi que leurs doubles retournés postmodernes, en sont imprégnées. Est-ce à cela que l'on devrait la force disruptive du *Nu descendant l'escalier 2*, si proche et si loin de l'Antiquité grecque ? François Jullien dans *Cette étrange idée du beau* écrit : *On a si longtemps encensé le beau en Europe parce que, raison qui, somme toute, nous est particulière, il ne nous restait plus d'autre culte possible après la mort des dieux. Puis on a annoncé la mort du beau. Mais de ce cri de révolte, l'effet lui-même n'est-il pas aujourd'hui tari ? Que faire d'un beau renversé mais irremplaçable ? Car mettre en pièces cette catégorie du beau, se révolter contre sa tyrannie académique et ce qu'elle a stérilisé, n'est pas pour autant sortir des présupposés qui l'ont portée*[52]. L'univers esthétique de l'art contemporain, hérité pour une part essentielle des années 1960 nord-américaines, trouve l'un de ses effets fondateurs en 1912 dans le refus du *Nu descendant l'escalier 2* au Salon des Indépendants et sa présentation subséquente en 1913 à l'Armory Show de New York. Le refus parisien relevait alors d'une dialectique politique entre cubisme et futurisme sur la question de la représentation du mouvement, dont il ressortait qu'un nu ne saurait être en mouvement, et qui plus est en mouvement descendant, ce dont les frères de Duchamp furent chargés de faire part au jeune Marcel. On sait que cette leçon de morale est très mal passée, le conduisant à quitter Paris et à se questionner sur l'art et l'anti-art, puis à abandonner la peinture pour elle-même, au profit d'un travail poétique, littéraire et concret, de douze ans sur le grand verre, parallèlement à l'invention des ready-made : « Créer, c'est choisir, et encore choisir. »

---

52 – François Jullien, *Cette étrange idée du beau*, Grasset & Fasquelle, 2010, p. 215.

Les pierres de lettrés (供石) présentent ainsi d'intéressantes analogies avec les ready-made duchampiens : ce sont des objets trouvés, simplement choisis, le travail d'élection ayant consisté à leur offrir un cadre, c'est-à-dire à les avoir déplacés dans un jardin ou sur une table de travail, et leur avoir fourni un socle travaillé avec beaucoup d'attention[53]. Comme dans le cas des ready-made, la simplicité apparente du processus d'élection est en réalité doublée d'un travail littéraire et poétique profondément structurant, qui accompagne et justifie la sorte de liberté qui prévaut dans le choix des objets. Si elles ne sont pas signées, les pierres les plus emblématiques sont pourtant identifiées à leurs propriétaires successifs. Pour autant, une pierre de lettré n'est pas un objet manufacturé, son propos n'est pas de jouer sur un contraste entre une création artistique et industrielle, la haute et la basse culture, mais de véhiculer une certaine idée de la nature, de la *phusis*, sans idée explicite de contraste, sans rupture esthétique ou culturelle. Le propos esthétique contenu dans une pierre de lettré n'a rien à voir avec l'idée de déconstruction (des mécanismes d'élection culturelle), une telle pierre placée dans un intérieur (habité), n'est pas perçue sur le mode du contraste nature-culture, tel qu'on serait conduit à l'imaginer, mais se fonde au contraire sur un percept de continuité. Cette notion de continuité relève d'ailleurs elle-même d'une fabrication culturelle, comme cela peut se lire assez facilement dans les socles, qui ont souvent la saveur d'un lapsus.

---

53 – J'appelle ici « socle » non seulement les supports physiques de ces objets, mais leur contexte esthétique immédiat, le cadre, le mur, la salle, le jardin, dont on voudrait qu'ils tendent à la plus grande invisibilité possible, mais qui pourtant mobilisent une attention soutenue, posant dans l'économie esthétique (et affective) une intéressante frontière en tension, entre ce qui est désigné en tant qu'objet (d'art) et ce qui ne l'est pas.

Voici donc ce à quoi on peut songer dans le musée des pierres étranges de Wuhan, mais le souvenir du faux repas de pierre mène un peu plus loin ma réflexion, et dans plusieurs directions. Car les 供石 présentent en réalité une diversité formelle assez importante, allant de l'esthétique des écoulements fluides et de l'érosion, en passant par des formes clastiques plus acérées et denses, évoquant des montagnes en miniature, jusqu'à des fossiles, toutes placées sur le même plan, avec une même valeur d'usage. En réalité, ces pierres jouent elles aussi sur des contrastes, entre la profondeur et la surface, entre le microcosme et le macrocosme, entre l'universel et le particulier, entre leurs volumes propres et les espaces dans lesquels elles sont placées, mais pas sur le mode de la *rupture*. Cette idée de *continuité* est donc essentielle, et le rapprochement avec des formes ou un style baroque serait erroné ; nul accolement contraint dans ce contexte, pas de juxtaposition formelle, pas d'opposition entre des contraires, pas de frontière nette entre un intérieur et un extérieur, un dedans et un dehors, un sujet et un objet, mais un continuum formel, et un centre toujours placé ailleurs, partout et nulle part. Il est pourtant bien sûr inexact de dire qu'il n'existe pas d'effet de surface dans de tels artefacts, mais la surface physique de l'objet est traitée de telle manière qu'elle laisse affleurer avant tout autre effet, l'idée de porosité, de respiration : littéralement, la pierre transpire ses entrailles, en même temps qu'elle absorbe l'espace à travers une surface qu'on a cherché à rendre aussi perméable que possible, ou plutôt qu'on a trouvée exprimant cette idée (de perméabilité) comme à son paroxysme, lors même qu'on n'agissait pas sur elle, la laissant brute, immobile, figée, minérale. Les contrastes sont ici sans oppositions excluantes, et donc dépourvus de processus d'élaboration par purification réciproque des contraires. Ainsi l'objet n'est pas une chose, il garde sa part d'animé, de subjectivité.

Ces considérations me donnent l'impression de comprendre peut-être un peu mieux la nature des difficultés que je rencontre à parler d'art avec beaucoup d'artistes chinois. Si je compare très abruptement avec la tradition statuaire qui serait la mienne, ou disons pour être plus précis, avec celle de l'installation d'objets dans des espaces, dans le cadre conceptuel et social particulier de ce que l'on nomme dans ma culture une activité artistique, je vois bien la domination historique d'un modèle anthropomorphique, qui semble ne pouvoir donner à voir qu'à la mesure d'un corps humain, de sa projection sur toute chose, des effets de miroirs figurants. Il est hérité d'un certain mode de représentation, qui pense le mouvement comme une *incarnation*, c'est-à-dire un mouvement d'entrée dans le corps depuis un extérieur implicite : on (la conscience) *habite* son corps comme une maison avec des fenêtres. Or il n'existe pas de mouvement, ni d'idée de mouvement, qui ne soit basé sur une circulation-transformation d'énergie, quelle que soit sa nature. Ce qui affleure donc dans les objets-statues-installations dont je parle, c'est cette *thermodynamique existentielle*, cette économie souterraine de la conscience qui entre dans une forme et lui insuffle un souffle, hors du temps et de l'espace ordinaire.

Face au festin de pierre de Wuhan, j'en viens alors à reconsidérer un phénomène simple : ma tradition culturelle relève d'un imaginaire de l'incarnation qui exclut autant qu'il montre, qui tout en investissant puissamment des représentations d'un corps sujet-objet, exclut par une sorte d'horreur du corruptible, des pans entier de son économie physiologique. Parmi eux l'ensemble des processus digestifs et circulatoires, remplaçant tous les moteurs par un seul, celui de l'économie libidinale, toutes les pulsions par une seule, celle de la reproduction sexuée[54], produisant des sorte de machines à trier ce qui doit (et ne doit pas) affleurer, ce qui doit ou ne doit pas se voir, se donnant au travers des processus de fabrication, les moyens d'un extraordinaire contrôle sur les objets comme sur les corps. Les 供石 au contraire, semblent ne parler que du viscéral, sans trace de figure humaine, un viscéral proliférant, pas moins contrôlant sans doute, mais pourtant heureux, puisqu'il semble lui aussi échapper au temps.

Pour terminer avec la curieuse manière qu'a eu cette installation, découverte un après-midi d'été à Wuhan, de me rester en mémoire des années après, il m'est venu l'évocation d'une réponse possible à une question que je me suis longtemps posée alors que je tentais d'entrer dans la langue chinoise : quel étrange sens peut bien avoir l'étymologie du mot 东西 (*dongxi*), « chose » en chinois ? Car je considère que mon engagement artistique consiste bien en une activité concrète de choix de fabrication (ou de non-fabrication) de choses et d'objets (spécifiques ou pas), et donc d'espaces correspondants, en plein ou en creux, le tout formant des dispositifs dotés de fonctions à la fois matérielles et immatérielles enchevêtrées. Or 东西 est composé des caractères 东 (*dong*), l'est, et 西 (*xi*), l'ouest : comment est-il possible de désigner une « chose » en disant un « Est-Ouest » ?

---

54 – Du point de vue de l'éthologie, un animal pour survivre, est mu par seulement trois pulsions fondamentales, dont les modulations suffisent à expliquer l'ensemble de ses comportements : manger, ne pas être mangé, et se reproduire.

Cet écart sémantique m'a longtemps semblé à peu près impossible à combler⁵⁵.

À force de retourner les notions de contraste, de rupture et de continuité dans le contexte de la culture chinoise, c'est finalement par l'intermédiaire des écrits d'artistes issus du post-minimalisme américain, tel que Mel Bochner, que j'ai pu avoir l'impression de comprendre un peu : *Que se passerait-il si l'on considérait les objets comme « traversant » l'espace au lieu de l'occuper ? Tout d'abord, ils ne seraient plus le lieu du regard. Ensuite comme ils n'occuperaient plus essentiellement une place centrale, ils nous contraindraient à les percevoir comme structurés par tout ce qui les entoure. Cette hypothèse susciterait sans doute une impression de trajectoire plutôt que d'identité. Ce dont le sens commun a toujours fait une unité (les objets) devient le négatif d'un champ de causes déterminantes*⁵⁶.

---

55 – Je surinterprète ici l'étymologie du mot 东西, même si en vivant en Chine, on sent bien à mille détails, l'impermanence étrange qui semble habiter les *choses* du quotidien.

56 – Mel Bochner, *Artforum*, mai 1970, dans *Spéculations, Écrits 1965-1973*, édité à Genève pour le MAMCO par Christophe Cherix & Valérie Mavridorakis, 2003, p. 208.

Pierre de lettré type Lingbi sur socle en bois de rose, dynastie Qing, environ 10x16cm. Achetée chez un antiquaire spécialisé en Europe (l'exportation depuis la Chine est strictement contrôlée), on la garde habituellement sur notre table, tel un chat.

Trois artefacts rencontrés dans des parcs proches de chez nous à Wuhan. Le haut-parleur camouflé en fausse pierre est couramment utilisé pour sonoriser la nature avec une sorte de musac, type spa oriental, qui se mêle ainsi aux chants des oiseaux.

220

Entropologie

> *Si bien que la civilisation prise dans son ensemble peut être décrite comme un mécanisme prodigieusement complexe où nous serions tentés de voir la chance qu'a notre univers de survivre si sa fonction n'était de fabriquer ce que les physiciens appellent entropie c'est-à-dire de l'inertie. [...] Plutôt qu'anthropologie il faudrait écrire « entropologie » le nom d'une discipline vouée à étudier dans ses manifestations les plus hautes ce processus de désintégration.*
>
> Claude Lévi-Strauss, *Tristes Tropiques*[57]

Le concept d'entropie a deux visages bien distincts, l'un scientifique, l'autre critique et littéraire. Lévi-Strauss propose d'appeler « entropologie » l'anthropologie pour traduire son pessimisme. Mais pour ce faire, il utilise un mot qui en science ne renvoie pas forcément à une telle négativité, ou disons n'a pas en lui-même de valeur morale. Au plan de la chimie physique, l'entropie est une notion protéiforme, qui comme le dieu Protée, échappe continuellement à ceux qui veulent s'en saisir, en se métamorphosant. Parmi les spécialistes, l'entropie fait partie des concepts auxquels s'appliquent cette plaisanterie d'étudiant : « Si vous y avez compris quelque chose, c'est qu'on vous l'a mal expliqué. »

---

57 – Claude Lévi-Strauss, *Tristes Tropiques*, Plon, 1955, p. 496.

Essayons tout de même : l'entropie est liée au second principe de la thermodynamique, découvert par Sadi Carnot en 1824, alors qu'il s'intéressait à l'efficacité des machines à vapeur ; il établit dans ce contexte l'irréversibilité des échanges thermiques. Généralisé à l'ensemble des phénomènes physiques, cela implique que tout processus de transformation est accompagné d'une perte, une dissipation qui correspond dans les faits à une augmentation du désordre, conduisant tout système dynamique fermé vers une dégradation irrémédiable. Le mot entropie lui-même est inventé quarante ans plus tard par Clausius, à partir d'une racine grecque qui signifie *transformation*.

Or ce second principe semble contredit par le premier, qui reprend l'affirmation de Lavoisier selon laquelle « rien ne se perd, rien ne se crée ». Pour la physique moderne, le « rien » en question concerne la masse et l'énergie, qui dans le monde ordinaire restent ce qu'elles sont, mais qui dans certaines conditions peuvent se transformer l'une en l'autre selon l'équation bien connue $E=mc^2$. E est l'énergie, m la masse et c est la vitesse de la lumière, c'est-à-dire un nombre très grand, qui mis au carré produit un facteur de conversion extraordinairement grand. Dans ce que la physique appelle un « système fermé », l'ensemble masse et énergie est constant, rien ne peut se créer, rien ne peut se perdre, et donc formellement aucune énergie n'est renouvelable[58]. Mais l'énergie peut se *transformer*, de mécanique en électrique, ou d'électrique en thermique par exemple, ou s'échanger entre deux sous-systèmes comme l'énergie thermique dans la machine à vapeur, ou chimique dans la digestion. Ce faisant elle produit un *travail* (au sens de la physique), et c'est ce travail,

---

58 – La notion d'énergie renouvelable est basée sur un malentendu : c'est la source (d'énergie) qui est renouvelable.

produit par transformation de l'énergie, que nous appelons abusivement « énergie » dans le langage courant. Mais où se trouve alors la dégradation, la perte dont il est question dans le second principe ?

C'est pour le comprendre, et surtout le mesurer, que la notion d'entropie a été introduite, l'énergie a dans un système donné une qualité, et l'entropie est la mesure de cette qualité. Ainsi donc un système donné est caractérisé par sa masse, son énergie et son entropie. L'entropie correspond à une mesure du désordre : plus l'entropie est faible, plus le système (masse et énergie) est ordonné, lorsque du travail est produit, l'entropie augmente irrémédiablement. Or tout système évolue naturellement vers une augmentation de l'entropie, tendant vers un mélange homogène, suivant la maxime aristotélicienne selon laquelle la nature a horreur du vide. C'est cette tendance naturelle que l'on exploite localement dans une machine pour en tirer du travail ; ainsi donc « consommer de l'énergie », c'est en fait produire du travail en augmentant l'entropie d'un système, en le désordonnant par étapes jusqu'à un maximum, où le système est totalement homogène, isotrope, et où plus aucune transformation n'est possible.

Mais de quel « ordre » parle-t-on ? Si l'on prend une chute d'eau, on comprend bien que cet ordre correspond à la direction synchronisée des molécules de H_2O qui toutes subissent en même temps l'effet de la gravité, ou dans un courant électrique, au déplacement ordonné des électrons dans un champ électromagnétique. Mais le sens commun peut également comprendre que la notion d'ordre dépend de la perception que l'on en a : il existe certainement des choses ordonnées que je perçois comme désordonnées, parce que j'ignore la nature de l'ordre qui les anime, que je ne peux pas le voir, ou même certaines autres choses dont je ne perçois même pas l'existence, ni donc l'ordre éventuel auquel elles sont associées. La science nous dit bien que ces *choses* sont beaucoup plus nombreuses que celles qui forment ce que nous appelons le réel et dont nous avons l'expérience directe. Être un humain c'est être un voyant-aveugle, et la conscience est en grande partie une illusion[59]; pourtant n'ai-je pas la sensation de baigner dans l'existence, au même titre que tout ce qui existe ?

L'entropie est un concept qui entretient un rapport subtil et passionnant avec *l'excès*. La notion d'entropie excède, déborde continuellement des fonctions et des contextes qu'on tente de lui assigner. La simplicité et l'élégance minimaliste de l'équation de Bolzmann $S = k \log W$, gravée sur sa tombe à Vienne, qui lie l'entropie S au logarithme du nombre de configurations microscopiques W multiplié par une constante k, très petite mais très précise, est trompeuse. Elle relie de manière extraordinaire (comme $E = mc^2$), des niveaux de réalités a priori très différents, permettant de quantifier les échanges existants entre ces pans de réel qui pour le sens commun – d'un point de vue anthropologique donc – sont totalement étrangers l'un à l'autre. Ainsi la thermodynamique se trouve être la science des transformations et de l'émergence, et par là même, du retournement et de la surprise.

---

59 – Alors que Lévi-Strauss propose une vision « entropique » de l'évolution culturelle, on voit chez de nombreux spécialistes de la chimie-physique le jeu de mots inverse, parlant d'« anthropie », pour caractériser les développements associés au second principe au travers de la théorie de l'information et de la physique statistique, tant l'interprétation de certains phénomènes complexes dépend de la connaissance que l'on en a ou pas.

L'entropie est donc une grandeur originellement liée à une réalité ultramicroscopique, au monde de la mécanique quantique où tout est réversible, largement contre-intuitif, et ne peut s'aborder que de manière statistique, en intégrant un niveau d'incertitude qu'il est impossible de réduire en dessous d'un certain seuil. Chaque élément ne peut être associé qu'à une probabilité d'être ceci ou cela, ici ou là, et ces éléments sont extraordinairement nombreux. *Mais l'incertitude n'est pas l'imprécision*, l'entropie lie ce niveau microscopique avec le macrocosme, qui constitue le réel tel que nous le vivons, et qui semble essentiellement déterminé par des phénomènes irréversibles. L'entropie, par l'intermédiaire de la formule de Bolzmann et de ses très nombreux développements, est associée, à la fois comme cause et comme conséquence, à la notion fascinante d'émergence. Le déterminisme, c'est-à-dire les rapports simples entre une cause et son effet, et l'irréversibilité, donc la flèche du temps, émergent d'une sorte d'immensité microscopique mouvante, qui elle-même ne connaît pas ces lois ni ses conséquences, dans des phénomènes qui semblent proches de l'auto-organisation. En d'autres termes, la notion d'entropie entretient des rapports aussi étranges que fondamentaux avec l'inexplicable et ce qui se présente, dans un contexte donné, comme une explication.

Mais ce n'est pas tout, le second principe (celui qui parle d'ordre et de désordre) a inspiré Claude Shannon lors de la création de la théorie de l'information, alors qu'il travaillait pour l'armée américaine durant la Seconde Guerre mondiale : il s'agissait de trouver une méthode pour décoder de manière automatique les messages cryptés des armées adverses, en repérant de l'ordre (le message), dans le désordre du brouillage. Au sortir de la guerre, ces technologies ont été appliquées aux systèmes de télécommunications, chez Bell Telephone Laboratories, donnant naissance aux technologies digitales, codages et décodages de sons et d'images, puis de n'importe quel type d'information, dont on mesure aujourd'hui le développement[60]. La méthode consiste à aborder la notion de communication sans aucun présupposé quant au sens du message (qui est sciemment ignoré), à l'aide d'outils mathématiques probabilistes, repérant dans un flux, les signaux porteurs (d'information) parmi ceux qui ne le sont pas. L'algorithme repère et focalise donc l'analyse sur des biais significatifs contenus dans une distribution stochastique (purement aléatoire), c'est-à-dire des éléments moins probables que d'ordinaire, qui véhiculent et maintiennent entre eux un certain ordre, c'est-à-dire de l'information. Dans ce contexte, l'entropie (selon Shannon) se mesure selon la formule $S=k.I$, où k est la constante de Bolzmann et I représente le manque d'information, au sens de l'incertitude probabiliste ou du désordre. Maintenir une information s'oppose donc à une augmentation naturelle de l'entropie, et l'existence d'entités communicantes suppose une tension, un travail.

La migration de ce concept dans le domaine des sciences humaines est un phénomène d'immédiat après-guerre, l'article fondateur de Shannon est daté de 1948, et la même année paraît *Cybernetics, or Control and Communication in the Animal and the Machine* de Norbert Wiener, dont le succès populaire étonna même son auteur, jetant les bases de la cyberculture[61]. Wiener était un mathématicien de premier plan, spécialiste de l'analyse

---

60 – Claude Shannon, « A Mathematical Theory of Communication », *The Bell Technical Journal*, vol.27, 1948.

61 – Norbert Wiener, *Cybernetics, or Control and Communication in the Animal and the Machine*, Hermann, The MIT Press & Wiley, 1948.

harmonique et des probabilités, à qui les phénomènes naturels inspiraient des mathématiques fondamentales, et ceci dans des domaines très divers. Il s'intéressait particulièrement aux théories de la communication et au contrôle dans des processus non linéaires, chaotiques, ceci appliqué autant aux machines qu'aux êtres vivants. Établissant un lien entre entropie (négative) et information, il étend les conséquences de ses recherches à la biologie, la psychologie, la finance, les sciences politiques et l'organisation de la société, tout cela dans le cadre d'une théorie unifiée, mathématique et non littéraire, pouvant pourtant s'appliquer à la théorie du langage dans son ensemble.

Arrivant cependant après Hiroshima et Nagasaki, les larmes d'Oppenheimer et le repentir public d'Einstein, ces notions relevant d'une application subtile des principes qui régissent les échanges thermiques à ceux qui relient l'ordre au désordre jusque dans le langage, ont alors été reçues par le public non scientifique de manière élective, à partir de l'idée pessimiste d'irréversibilité, de corruption, d'érosion inéluctable, de mort thermique et d'épuisement programmé de tout existant. L'usage du mot entropie s'est rapidement répandu loin des équations de la thermodynamique physique, des sciences humaines à la culture populaire, donnant à d'anciens mythes eschatologiques un nouveau et puissant véhicule, que l'on retrouve jusque dans la collapsologie actuelle. Lévy-Strauss décrit ainsi à la fin de *Tristes Tropiques*, en 1955, la manière dont il voit l'évolution des cultures indo-européennes depuis le Gandhara pakistanais, plaçant la dernière venue, l'islam, dans la suite d'un lent et inexorable effondrement de la richesse culturelle humaine. Dans les convulsions des processus de décolonisation, cette perspective rousseauiste a servi de matrice dystopique au renversement postmoderne du regard anthropologique occidental[62].

La critique du modèle consommatoire des Trente Glorieuses s'appuie elle aussi sur les lois de la thermodynamique, où l'irréversibilité entropique joue un rôle central. En 1971, Nicholas Georgescu-Roegen, statisticien et économiste, publie *The Entropy Law and the Economic Process*[63] dans lequel il propose une mise en lien des mécanismes de la société de consommation avec le second principe de la thermodynamique et la théorie de l'évolution : « Le processus économique n'est qu'une extension de l'évolution biologique et, par conséquent, les problèmes les plus importants de l'économie doivent être envisagés sous cet angle. » Durant les années soixante, il est le premier à montrer les limites étroites du modèle occidental basé sur l'exploitation massive des énergies fossiles, ce qui le conduit à développer le concept (alors révolutionnaire) de décroissance, auquel l'humanité se trouve aujourd'hui, quoi qu'on en pense, confrontée au quotidien[64]. Une année après, le premier rapport du club de Rome *The Limits of Growth*, dont la publication aura un retentissement considérable, fonde l'écologie politique, et pointe la même réalité[65]. Aujourd'hui, la notion d'anthropocène s'impose chaque jour un peu plus, mettant en scène une collision entre nature et civilisation, dont les dimensions titanesques sont celles de la géologie. Changement climatique, chute vertigineuse de la biodiversité, disparition des forêts et des sols, perturba-

---

62 – Claude Lévi-Strauss, *Tristes Tropiques*, Plon, 1955, p. 485.
63 – Nicholas Georgescu-Roegen, *The Entropy Law and the Economic Process*, Harvard University Press, 1971.
64 – Nicholas Georgescu-Roegen, *Demain la décroissance. Entropie, écologie, économie.* Traduction, présentation et annotation Jacques Grinevald et Ivo Rens, Lausanne, Favre, 1979.
65 – Norbert Wiener, *op. cit.*

tions majeures des cycles biogéochimiques, pollutions massives des océans et de l'atmosphère, l'évolution actuelle menace de disparition non pas la vie, mais la version actuelle du monde vivant, humain compris, si l'on ne réussit pas à repenser notre rapport à la biosphère dans son entier, dont on découvre brusquement, en Occident du moins, qu'elle a des limites et qu'on en est dépendant.

Algorythmie

Durant la guerre, lorsqu'on tirait sur un avion en vol, le temps que l'obus arrive à proximité de sa cible, le pilote pouvait réagir, faire diversion et s'échapper: les travaux de Norbert Wiener ont alors servi à mettre au point un système de poursuite DCA capable d'anticiper par un traitement statistique intégré, la trajectoire et les *réactions du pilote*, augmentant significativement l'efficacité de ces armes. C'est sans doute l'un des premiers exemples technologiques de ce type, impliquant un algorithme statistique, et d'une certaine manière Facebook ou Google ne font pas autre chose aujourd'hui. Pourtant Wiener était un humaniste, professeur au MIT après la guerre, il a systématiquement refusé de participer aux projets incluant des financements militaires, qui irriguent aujourd'hui encore largement cette institution. Rêvant d'un monde pacifié, passant par des phases dépressives cycliques, il a tenté de développer une sorte d'utopie basée sur la notion de communication libre, qui préfigure à bien des égards Internet et les réseaux sociaux actuels. Mais malheureusement, au plan politique, l'une des énigmes qui n'a cessé de se creuser depuis, tient au décalage entre l'idée de démocratie et la dynamique réelle des groupes humains, entre la foule et sa représentation. Les développements orwelliens des réseaux, partis d'un modèle démocratique idéal où chacun accèderait à la parole et à une visibilité sans contrepartie, offrent effectivement d'extraordinaires possibilités de partage, mais reproduisent aussi chaque jour un peu plus, le pire des possibles. Des états de dépendance affective et sociale, une confusion proliférante des discours, un morcellement et une fictionnalisation de l'expérience collective, permettent une diffusion massive des pouvoirs de toutes natures, ayant tous intégré les techniques de manipulation affective optimisées à grande échelle. Ces réseaux déconstruits n'ont pourtant pas de centre, pas de hiérarchie, pas de barrières sensibles, mais des flux transparents, une infinité de nœuds interchangeables, fonctionnant comme des molécules dans un immense mélange fluide, géré par des algorithmes se fondant sur des lois issues de la thermodynamique et des théories de l'information.

Cette digitalisation du monde a depuis largement débordé ses premiers domaines d'application pour investir le réel dans sa globalité : industries de la santé, biotechnologies, agroalimentaire, neurosciences, combinés avec les industries médiatiques de masse et les sciences politiques, qui intègrent économétrie, marchés et consommation, sciences du comportement, flux financiers et énergétiques, économie du désir et du bonheur. Cette activité proliférante produit les masses de données extraordinaires du Big Data, qui dépassent aujourd'hui toutes les capacités d'analyse humaine et que seuls des machines et leurs programmes peuvent aborder.

En Chine, ces technologies ont eu un impact considérable sur l'évolution économique et politique récente. Le dynamisme actuel de la dictature à la chinoise ne serait absolument pas envisageable sans le transfert des anciennes fonctions bureaucratiques d'organisation et de surveillance en direction de puissants algorithmes, extraordinairement adaptatifs, auxquels chacun se trouve soumis, presque volontairement, jour après jour un peu plus[66]. Le système politique chinois, associant l'héritage impérial au parti unique (communiste et surtout nationaliste), a réussi à faire la démonstration d'une surprenante compatibilité entre ce qui nous semblait des contraires : liberté et contrôle, un régime de liberté surveillée étendu à la société dans son entier, dont les murs et les rouages sont d'autant plus implacables qu'ils sont fluides et enveloppants.

Dans cette perspective, dès mon premier voyage en 2004, l'intérêt qu'il m'a semblé y avoir à tenter de comprendre ce qui se passe en Chine peut être énoncé en ces termes thermodynamiques de dégradation entropique globalisée.

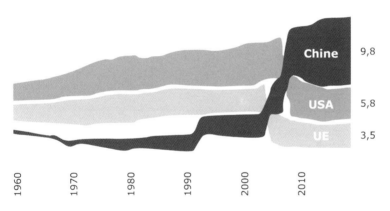

Quantité de carbone émise dans l'atmosphère en gigatonnes d'équivalents CO_2. On observe la régularité de la croissance globale et le phénomène de transfert qui a lieu entre 2000 et 2010. Données tirées du site globalcarbonatlas.org.

---

66 – Il ne faudrait pas croire qu'il n'en va pas de même dans le restant du monde, en Occident notamment ; la récente prise de position d'Amnesty International qualifiant Google et Facebook de géants de la surveillance en est une illustration parmi d'autres. *Surveillance Giants: How the Business Model of Google and Facebook Threatens Human Rights*, Amnesty International, 2019.

La singularité si frappante présentée dans le graphique de la page précédente, montrant une transformation aussi brusque que massive au tournant des années 2000, c'est-à-dire synchrone avec la révolution digitale, en est une illustration parmi beaucoup d'autres.

Au plan écologique, mais aussi politique et culturel, il me semble que les rapports entre la Chine et l'Occident sont structurés de manière analogue. Car personnellement, parmi les très nombreuses applications poético-métaphoriques des machines thermiques, c'est au réfrigérateur que j'ai toujours pensé dans ce contexte, venant d'un Occident marqué à tous les niveaux, y compris artistique, par l'obsession de la conservation, du « c'était mieux avant », vers un pays en surchauffe de plus d'un milliard d'êtres humains collectivement tendus vers des lendemains meilleurs, ou disons vers un monde nouveau, celui du « rêve chinois[67] ».

---

[67] – Il est d'usage bien sûr de critiquer vertement l'évolution si étrangement ultracapitaliste de la Chine communiste, absolument désastreuse au plan écologique. Mais il convient de ne pas oublier l'histoire, la leur et la nôtre, et d'éviter de projeter trop naïvement nos catégories postconsuméristes : nos amis chinois nous racontent presque toujours les mêmes histoires familiales où la famine n'est jamais très loin, et où les conditions de vie sont à peine imaginables. On peut cependant rire au passage de ceux qui pensaient que le capitalisme rimait immanquablement avec une sorte de contagion démocratique, ou disons d'une quasi-synonymie entre les mots *libéralisme* et *liberté*.

Smithsonmania

Dans mon domaine enfin, celui des arts visuels, la notion d'entropie est étroitement associée à la figure de Robert Smithson, qui en a fait un concept clef, autant pour son activité critique qu'artistique[68]. En puisant dans la littérature de vulgarisation scientifique et dans la science-fiction[69], il a développé un dispositif critique novateur qui avait pour but de court-circuiter celui des historiens de l'art modernistes et de l'establishment artistique vieillissant des années 1960. Par cette sorte de stratagème, qui relève en partie du camouflage, il s'agissait de contourner le discours moderniste alors dominant, en passant « par le bas », et essayer de se déprendre d'une logique formaliste (et anthropomorphe), perçue comme la marque de la domination culturelle européenne. Dans *Entropy and the New Monuments*, Smithson écrit en 1966 : *Les questions sur la forme semblent aussi désespérément inadéquates que celles sur le contenu. Ces problèmes sont inutiles, car ils représentent des valeurs qui créent l'illusion d'un but. Le problème de la « forme par rapport au contenu », par exemple, conduit à une dialec-*

---

68 – Valérie Mavridorakis, « Entropie, ramification d'une notion », dans *Issue* n°23, HEAD Genève, 2012.

69 – Laryssa Dryansky, « Robert Smithson, la science et la fiction », dans *Robert Smithson, mémoire et entropie*, édité par Jean-Pierre Criqui et Céline Flécheux, Les presses du réel, 2018, p. 151.

tique illusionniste qui devient, au mieux, une réaction formaliste contre le contenu[70].

Lorsqu'on arpente les villes chinoises, il est souvent difficile de savoir où l'on se trouve tant l'ensemble paraît se fondre dans un même style fonctionnel, dépourvu de toute identité, excepté celle dont il est issu, les paysages suburbains nord-américains : les shopping malls de Shanghai, Los Angeles, Chongqing, Houston, Wuhan ou Detroit sont tous identiques. La Chine serait-elle le futur et les USA ? Parce qu'elle actualise avec un changement d'échelle, la suite du développement du modèle consommatoire total qui était celui de l'Amérique des Trente Glorieuses, les écrits de Smithson et de ses contemporains me semblent remarquablement utiles dans l'immensité proliférante des *slurbs* chinois actuels : *Ce genre d'architecture sans qualité n'a que celle d'exister. À partir de ce style « indistinct », comme l'appelle Flavin, nous obtenons une perception claire de la réalité physique sans les prétentions habituelles de « pureté et d'idéalisme ». Seules les marchandises peuvent se permettre ce genre de valeurs illusoires ; par exemple, le savon sera pur à 99 %, une bière aura de l'esprit, et la nourriture pour chien sera idéale. Tout cela signifie que les valeurs dont il est question ne valent rien. Au fur et à mesure que l'effet écœurant de telles « valeurs » s'efface, on ne perçoit plus que les « faits », du bord extérieur, de la surface plane, du banal, du vide, du cool, vide après vide. Autrement dit, on perçoit cette condition infinitésimale connue sous le nom d'entropie*[71]. On voit par là, me semble-t-il, le parallèle entre l'intérêt de Smithson pour le hors-champ du discours critique (moderniste) et la notion d'émergence par le bruit en théorie de l'information, qui nécessite une

---

70 – Robert Smithson, « Entropy and the New Monuments », *Art Forum*, June 1966, in *Robert Smithson : The Collected Writings*, Jack Flam éd., Berkeley, University of California Press, 1996, p. 11, traduction de l'auteur.

71 – *Ibid.*, p. 13.

sorte de table rase de toutes les valeurs, fondues dans un bruit généralisé qui n'a plus aucun sens. Dans ce contexte seule l'entropie acquiert une valeur positive, parce qu'elle renvoie à une émergence véritable, depuis l'*informe*, telle qu'elle se trouve mise en jeu par exemple dans l'expressionnisme abstrait, ou dans les mouvements contestataires appelant au retournement de toutes les valeurs. Une note de la main de Smithson en bas de page de son exemplaire personnel de *The Human Use of Human Beings: Cybernetics and Society* de Norbert Wiener, dit son enthousiasme au crayon gris : « Entropy is beauty[72] » !

72 – Alexander Nagel, « ‹Je trouve l'idée d'excursions intéressante.› À propos de quelques documents de Robert Smithson », in *Robert Smithson, mémoire et entropie*, édité par Jean-Pierre Criqui et Céline Flécheux, Les presses du réel, 2018, pp. 234-235.

Ασχημο

Dès lors, les phénomènes de non-équilibre conduisent à une résurgence du paradoxe du temps. Nous y voyons avant tout le rôle constructif du temps. Les phénomènes irréversibles ne se réduisent pas comme on le pensait naguère, à un accroissement du désordre.

Ilya Prigogine, *Les Lois du chaos*[73]

Je viens d'un pays de montagnes, qui entretient un rapport particulier avec certaines roches déplacées, comme si en elles était contenue une forme de présence primitive. Certaines sont naturelles, et elles se sont longtemps présentées comme des énigmes, appartenant au registre de l'apparition, avant que l'on comprenne qu'elles avaient été transportées par de très anciens glaciers aujourd'hui disparus. La capacité à manifester cette sorte de présence, un peu surnaturelle, a été récupérée dans les processus d'urbanisation intensive d'après-guerre. Déplacés intentionnellement, ces gros cailloux se retrouvent un peu partout, sur les ronds-points, au bord des autoroutes, dans les jardins, dans les parcs, et comme c'est souvent le cas en Chine, ils sont utilisés pour animer des non-lieux, dans des espaces sans qualité

---

73 – Ilya Prigogine, *Les Lois du chaos*, Flammarion, Champs sciences, 2008, p. 37.

qu'ils ont la faculté d'habiter⁷⁴. Or ces rochers déplacés sur les contreforts alpestres, racontent tous la même histoire, de mille manières différentes : celle des temps immémoriaux qui les ont faits et qui depuis les défont. Roulant au fond d'une vallée, sortant de la terre comme d'un ventre ou émergeant d'un lac, puis installés sous un viaduc ou sur un parterre jardiné faisant socle, ils semblent tous parler du temps de la même façon, réunissant deux temps en un seul pour tenter de constituer le présent : les origines et le destin.

Les origines sont celles des forges immémoriales, communes et souterraines, les temps géologiques des titans, et leur destin s'étire le long d'une flèche sans retour, celle de l'Histoire. Ils sont couverts de stigmates, de marques diverses, de cicatrices, de traces qui font mémoire, tous semblables et pourtant tous différents, composant à chaque fois un visage unique, fondus dans une diversité commune. À bien y réfléchir, peut-être est-ce cela même qui leur donne cette sorte de présence si étrangement proche ? Erratiques, ils nous côtoient brièvement en suivant la même flèche que celle de nos vies errantes, mais ils achèveront leur agonie en grains de sable, alors que la mémoire de la mémoire de notre passage sera depuis longtemps effacée.

Voici donc ce qui m'intéresse si vivement – aujourd'hui encore – lorsque je m'absorbe dans la contemplation des pierres de lettrés, les 供石 : le temps dont elles manifestent elles aussi la présence n'est pas le même, et *cela produit des formes*, que je ne reconnais pas immédiatement. Aucune usure, pas d'effondrement, pas de réduction, mais une sorte d'expansion au contraire,

---

74 – L'analogie avec l'activité artistique, susceptible de rendre habitable des non-lieux, est troublante, et renvoie sans doute aux origines informes de l'art, en tant que mécanismes d'appropriation de l'espace.

je dirais presque une érosion à l'envers, une sorte d'émergence continue, de perpétuel retour de la forme et du temps *confondus* en un même objet, dans une même image, matérielle et immatérielle.

On trouve bien sûr en Suisse aussi des rochers calcaires érodés d'apparence similaire, décorant des parterres fleuris dans les jardins de rocailles. La singularité esthétique des 供石 tient donc à peu de choses: la manière dont elles sont choisies, puis *recontextualisées*. On pourrait y voir une sorte de résonnance vitaliste liée à la philosophie taoïste, le souffle du 气 [75], anti-mécaniste, alors que les blocs erratiques détachés des sommets alpestres donnent à voir l'image d'une résistance héroïque à l'altération mécanique inéluctable, la matière étant inanimée, et montre donc la beauté d'un processus de destruction en cours. Se pourrait-il aussi que l'on ne puisse voir en Occident les objets dits d'art, ou disons la dimension objectale de presque toute production artistique, fût-elle une trace photographique ou un document préparatoire, que sous l'angle de cette vision crépusculaire, celle d'une relique, un fétiche d'accompagnement vers une fin commune et inéluctable? Serait-ce à cela que nous devrions une part de notre obsession de la conservation?

Lorsque nous vivions à Wuhan, j'avais pris l'habitude de passer des après-midi avec notre fille, âgée alors de trois ans, dans un temple taoïste datant du XVIIe siècle, le 武汉长春观. C'était un îlot de calme et de sérénité, entouré de gratte-ciels trop vite

---

75 - Le mot *qi* (prononcer *tsi*) a deux sens: l'air ou la vapeur, et deuxièmement le souffle vital. Il s'écrit 气 en simplifié et 氣 en non simplifié. Dans l'idéophonogramme 氣, on peut voir la vapeur qui soulève et fait danser le couvercle (le petit trait à quarante-cinq degrés) lorsqu'on cuit du riz 米 (*mi*). Il n'est pas anodin à mon sens qu'un concept aussi central pour la culture chinoise soit relié à de la nourriture.

construits et de voies rapides assourdissantes. Les murs ocre alternaient avec des cours pavées plantées d'arbres magnifiques, les autels accueillaient les visiteurs qui venaient prier ou faire une offrande, la fumée lourde des bâtons d'encens diffusait depuis les fourneaux noircis emplis de cendres. Le temple était partiellement en travaux, des ouvriers abattaient des murs pour les reconstruire à neuf, remplissaient des bennes de gravats et des restes de démolition, tels qu'on en voyait partout alentour dans la ville. Le spectacle de ces matériaux anciens entassés dans des bennes m'a d'abord paru désolant, à l'image de l'urbanisme chinois tel que je le côtoyais au quotidien. Puis je me suis aperçu que les ouvriers gardaient tout de même quelques anciennes pierres gravées pour les enchâsser dans les nouveaux murs. Le travail était artisanal et soigné. À un autre endroit, j'observais des charpentiers reconstruire une petite pagode. Avec des moyens extrêmement simples, un outillage à main très réduit, quelques scies, des maillets et des ciseaux, quelques compas, des cordelettes et des crayons, ils reconstruisaient avec une efficacité déconcertante les emboîtements traditionnels complexes de poutres, sans clous ni vis.

Ce n'est que progressivement, au contact d'artistes chinois avec lesquels je tentais d'établir un dialogue, que j'ai compris qu'ici, comme ailleurs en Asie, on accorde plus d'importance à la conservation du savoir-faire qu'à celle des objets qui en sont le produit. Le geste est au centre de l'attention, et l'objet n'en est que la trace et non pas la fixation. Cela paraît simple à dire, mais les conséquences sont considérables, et si on s'intéresse à l'art et à la Chine, cette réalité resurgit tel un serpent de mer dans des situations inattendues, ne cessant de remettre en cause le statut non pas des objets, mais du rapport mutuellement exclusif sujet-objet, matière-pensée, corps-création tel que nous le vivons en Occident sans réussir à en défaire l'évidence. Un peu comme si des drippings de Pollock, nous ayons préféré conserver l'expérience du geste, le processus, à la place des tableaux. Ou plutôt qu'il ne fut venu à l'idée de personne, ni des collectionneurs, ni de la critique, ni des conservateurs, de séparer l'un de l'autre. Or pour conserver un geste, il faut le reproduire continuellement, ce qui implique copies et recopies infinies, ainsi qu'une défétichisation du produit matériel.

La culture chinoise ne sépare pas autant que nous le faisons, le produit (la chose, l'objet) de l'acte de produire: elle porte son attention sur le processus, qui va de l'un à l'autre, dans un mouvement circulaire. Dans mon contexte artistique cependant, si le mot «travail» a remplacé le mot «œuvre», c'est bien parce que certains artistes des années 1960 ont identifié cette séparation comme étant problématique et ont tenté de sortir l'activité artistique de son cadre. Durant cette période, l'Orient proche et lointain a joué le rôle d'un ailleurs et d'un autrement, tel qu'il l'avait déjà fait par le passé. Beaucoup partaient à Katmandou, mais vu d'Amérique, le Japon est plus proche que les gourous hindous, et l'intérêt de John Cage pour le zen montre l'exemple d'un tel décentrement, où la circulation processuelle défait l'idée d'œuvre, pour reconstruire celle d'activité artistique: *Ceci est une conférence sur la composition indéterminée relativement à son exécution. Cette composition est nécessairement expérimentale. Une action expérimentale est une action dont le résultat n'est pas prévisible. Étant imprévisible cette action n'est pas concernée par son prétexte. Comme la terre comme l'air elle n'en a pas besoin*[76], ce qui pour moi renvoie

---

76 – John Cage, *Silence, Conférences et écrits*, traduction de Vincent Barras, Héros-Limite, 2003, p. 44.

à la pensée du non-agir, le 无为 (*wuwei*) taoïste⁷⁷. Mais peut-être est-ce l'immatérialité de la musique qui permet d'aborder un aspect de cette situation alors que les objets en Occident, ne cessent de nous ramener au point de départ ?

Lors de workshops ou de visites d'expositions en Chine, j'ai régulièrement été frappé par la puissance et la vitalité de la tradition performative, au point d'en faire pour moi une entrée dans la compréhension de ce que l'on appelle l'art contemporain chinois, par ailleurs compliqué à aborder. De ce point de vue, le contraste avec ce que nous avons fait de l'histoire de la performance occidentale, développée dans le bouillonnement des sixties, aujourd'hui rejouée dans des contextes dévitalisés, en dit long sur notre incapacité à faire exister dans la durée, la puissance expérimentale, révolutionnaire, des effets d'émergence[78].

Avant d'entrer dans une activité artistique, j'ai travaillé durant quelques années comme généticien, pour ensuite, assez tardivement changer d'habitus et intégrer celui de plasticien. Dans ma première formation, qu'on appelait encore les « sciences naturelles », j'ai vécu comme étudiant l'irruption des outils numériques, qui ont révolutionné presque tous les domaines de la biologie, donnant à la génétique et à la biochimie un rôle ubiquitaire. À l'époque, l'étude des systèmes dissipatifs ouverts et la théorique de l'information donnaient lieu à d'intenses spéculations, et notamment à une critique du « dogme central » de la biologie, qui envisageait à la suite de Jacob et Monod, l'information génétique comme du papier à musique, à la manière déter-

---

77 - Issu du bouddhisme *chan* chinois, influencé par le taoïsme, le zen a été importé au Japon en vagues successives du VIᵉ au XIIIᵉ siècle.
78 - Joseph Tanke, « Cette étrange idée de l'art », *artpress2* n°46, 2017.

ministe d'un simple programme rétrocontrôlé (écrit par qui?). Mais ce paradigme horloger, alors dominant, collait de plus en plus mal à ce que nous observions au quotidien en laboratoire.

La massification des données, rendue possible par le séquençage à haut débit et le couplage des outils numériques avec presque tous les autres, appliqués à la biochimie, la physiologie, l'anatomie, renouvelant presque toutes les modalités de visualisations, macro et microscopiques, autorisant des procédures de marquages et de détections inouïs, en temps réel et *in vivo*, a ouvert des espaces de recherche entièrement nouveaux, dans les domaines de la génomique, de la protéomique, des neurosciences, de la paléogénétique (paléontologie et anthropologie), de l'écologie quantitative, de la zoologie, de la botanique et de la microbiologie, pour n'en citer que quelques-uns. Si l'ancien paradigme génétique devait perdurer aujourd'hui, ce serait sous la forme d'une multitude de programmes en constante réécriture *par eux-mêmes*, en même temps que par la machine qui l'exécute, ceci en relation avec l'ensemble de tous les programmes exécutés alentour par toutes les machines et leurs opérateurs. Et ceci sans plus aucun horloger.

Dans *Le Vivant post-génomique, ou qu'est-ce que l'auto-organisation*, Henri Atlan propose sa vision actualisée, une trentaine d'années après l'arrivée de ces outils de calcul et de visualisation : *C'est l'évolution de la biologie et des sciences cognitives au XXe siècle, en continuité avec les sciences physico-chimiques et les sciences de l'information, qui a conduit à analyser la logique de ces phénomènes, à en proposer des modèles, et à en dégager des conditions de possibilité. Comme nous le verrons, parmi ces conditions, la complexité inextricable et le hasard, qui semblaient traditionnellement s'opposer aux notions d'ordre et d'organisation, se sont révélés indispensables à travers leur mathématisation et* *leur formalisation dans les sciences physico-chimiques et informatiques. De tout cela, il est résulté un nouveau regard, non seulement sur les sciences du vivant, mais encore sur des problèmes philosophiques anciens, tels que celui des rapports du corps et de l'esprit et de l'intentionnalité*[79]. Ce dont il est question ici à mon sens, c'est d'un détour, produit par la science elle-même comme de l'intérieur, qui aboutit à une mise en crise du vieux mode de pensée dualiste, basé sur des partitions binomiales, telles que nature-culture, humain-animal, esprit-corps, animé-inanimé, sujet-objet. Ce fonctionnement oppositionnel est aujourd'hui devenu problématique, en même temps qu'il semble rester, dans ma culture en tout cas, étrangement indépassable. Je veux dire que les mécanismes de déconstructions mis en œuvre depuis des décennies par de si nombreux acteurs, très divers dans leurs engagements, ont échoué à en défaire le filet, probablement parce que, quoi que l'on dise ou fasse, ces modes de pensée subsistent dans le fond même des langages, verbaux et non verbaux, qui nous contiennent autant que nous les contenons.

Joseph Needham était un biochimiste et un sinologue engagé, qui a produit une œuvre extraordinaire dans le domaine de l'histoire des sciences et des techniques en Chine. L'une des questions centrales qu'il pose, appelée pour cette raison *The Needham Question*, est de savoir pourquoi la révolution scientifique et industrielle a eu lieu en Occident seulement, alors que jusqu'au XVe siècle, c'est-à-dire jusqu'à la Renaissance, la Chine le précédait dans presque tous les domaines. La réponse qu'il propose tient à la représentation spirituelle, telle qu'elle s'est développée en Europe, impliquant depuis les Grecs, des divini-

---

79 – Henri Atlan, *Le Vivant post-génomique, ou qu'est-ce que l'auto-organisation*, Odile Jacob, 2016, p.12.

tés surplombantes, qui ont évolué avec le monothéisme vers une entité unique, un grand architecte ou un grand horloger. Cette entité règlerait le cours du réel *dans son entier* par des lois, faisant des objets des choses, donnant aux humains la possibilité métaphysique de partir à la découverte de ces lois, en s'appuyant sur la raison objectivante. Cela n'a pas été le cas en Chine, non pas qu'il n'existe pas d'arrière-monde invisible, mais il n'est pas surplombant, ni non plus de lois, mais elles ne s'appliquent qu'à la société humaine, dans le but exclusif de l'harmoniser avec le reste de l'étant, qui lui fonctionne en réalité sur un mode proche de l'auto-organisation, sans décrets divins ni lois : *L'affirmation selon laquelle il n'y a pas un ciel qui ordonnerait aux processus de la nature de suivre leurs cours réguliers, est reliée à cette idée fondamentale de la pensée chinoise qu'est le* wu-wei *: la non-action, ou action spontanée. Au contraire, la législation d'un législateur céleste serait* wei *: le fait de forcer les choses à obéir sous la menace de la sanction. La nature manifeste une continuité et une régularité, c'est vrai, mais celles-ci ne sont pas soumises à des ordres*[80]. Ainsi donc se précise l'intérêt que je porte à ces pierres particulières, les 供石, souples et rigides, qui ne peuvent être séparées de la tradition taoïste, et plus profondément encore, d'un héritage culturel chamanique, qui n'a de fait jamais été dualiste.

---

80 – Joseph Needham, *La Science chinoise et l'Occident*, Seuil, 1973, p. 236.

天下之至柔	Ce qu'il y a de plus tendre au monde
驰骋天下之至坚	Gagne à la longue sur ce qu'il y a de plus solide
无有	Ce qui n'a pas
入无间	Pénètre ce qui n'a pas de vides
吾是以知	Par là nous apprenons
无为之有益	L'avantageux du non agir
不言之教	L'enseignement sans parole
无为之益	L'avantageux du non agir
天下希及之	Rien au monde n'en approche

Tao Te King, Le livre de la voie et de la vertu[81]

Il n'est pas simple d'aborder ce genre de texte sans une certaine méfiance, tant leur réception en Occident a été brouillée par le fourre-tout mystique issu de la contre-culture des années 1970, encombré de sophismes et de malentendus[82]. Ainsi donc il ne s'agit pas de rechercher une vérité alternative ou de remplacer un dogme par un autre, mais de prendre acte d'un changement : du point de vue scientifique en tout cas, il n'est plus nécessaire de recourir à un mysticisme plus ou moins syncrétique ou à un quelconque vitalisme pour décrire (et donc imaginer) la capacité du vivant (et de tout ce qui lui ressemble) à s'auto-organiser, c'est-à-dire à faire émerger spontanément des formes à partir d'un informe entropique[83].

---

81 – *Tao Te King, Le Livre de la voie et de la vertu*, traduction de Claude Larre, Desclée De Brouwer, 1977, pp. 130-131.

82 – Le succès littéraire du *Tao de la physique* (1975) de Fritjof Capra, fondant une sorte de mysticisme quantique original, en est un exemple parmi d'autres.

83 – Dans le même temps, il me semble que l'évolution de la sensibilité écologique et la crise climatique favorisent des représentations nouvelles en Occident, basées sur l'idée d'interdépendance globale et de prise en compte des limites, qu'elles soient traitées sur le mode de l'acceptation ou du déni.

C'est dans cette perspective que mon regard s'est trouvé arrêté avec une sorte d'insistance par l'esthétique subtile des 供石, jusque dans leurs déclinaisons les plus ordinaires, sans que je réussisse d'abord à m'en expliquer la raison. Souvent en Chine, elles apparaissent dans le flux de la vie quotidienne, sans vraiment qu'on s'y attende, elles font partie du paysage, ou plutôt du territoire, on ne les voit pas, et puis soudain elles sont là. Ce qui me semble remarquable, c'est que leur manière d'être là ne ressemble pas tout à fait à celle d'un objet, ni non plus à celle d'un sujet ou à sa représentation, ni non plus à une œuvre d'art, mais plutôt à un entre-deux indéterminé. Ce ne sont ni des images ni des sculptures, elles ne représentent rien. Elles sont trouvées mais ne semblent pas naturelles; ce sont des sortes de chimères à la fois minérales et organiques, pourtant ce ne sont pas des fossiles; elles sont pleines et vides avec la même évidence. Ces caractéristiques profondément hétérogènes en font des éléments paradoxaux, qui forcent à élargir l'ordre des choses pour simplement les voir. Et comme une figure bistable, elles sont impossibles à saisir d'un seul regard.

Άσχημο, littéralement « qui n'a pas de forme », se traduit en grec moderne par « moche, laid, mauvais, méchant », à partir du grec ancien ἀσχήμων « informe, ignoble » : tel est donc notre héritage, qui lie le contraire de la beauté à une indétermination[84]. La question de la forme et de l'informe, du surgissement de la représentation, est en Occident un lieu commun de la critique d'art et de la pratique artistique, qui cristallise des désaccords profonds, dans une sorte de désordre polysémique et chatoyant. À bien des égards, l'histoire de l'art du XXe siècle semble être

---

84 - François Jullien, *Cette étrange idée du beau*, Livre de Poche, 2011.

une succession de déconstructions-fixations, comme si l'essentiel de l'activité artistique avait consisté à échapper continuellement à une menace de pétrification, en étendant le champ des possibles. L'idéalisme normatif contenu dans le modernisme d'après-guerre, issu lui-même du dépassement des normes précédentes, a représenté pour de nombreux artistes, dans une ambiance contestataire dépassant largement le monde de l'art, un mur à abattre. La critique d'art, ou disons l'histoire de l'art, a suivi en développant une dialectique de l'informe. Pour ce faire, les protagonistes de cette révolution symbolique se sont largement appuyés sur l'œuvre de Georges Bataille, qui des décennies plus tôt a produit une formidable machine à déconstruire le langage, la philosophie, la littérature et ses représentations. La revue *Documents*, sorte de faux dictionnaire littéraire et anthropologique est aujourd'hui un classique ; l'article sur « l'Informe » est programmatique : *Un dictionnaire commencerait à partir du moment où il ne donnerait plus le sens mais les besognes des mots. Ainsi informe n'est pas seulement un adjectif ayant tel sens mais un terme servant à déclasser, exigeant généralement que chaque chose ait sa forme. Ce qu'il désigne n'a ses droits dans aucun sens et se fait écraser partout comme une araignée ou un ver de terre. Il faudrait en effet pour que les hommes académiques soient contents, que l'univers prenne forme. La philosophie entière n'a pas d'autre but : il s'agit de donner une redingote à ce qui est, une redingote mathématique. Par contre affirmer que l'univers ne ressemble à rien et n'est qu'informe revient à dire que l'univers est quelque chose comme une araignée ou un crachat*[85].

Pages suivantes : des pierres sont entreposées sous les arbres en attente d'une nouvelle affectation dans un parc à Beijing, en bordure du cinquième périphérique, non loin de 草场地 (Caochangdi) et de l'atelier d'Ai Weiwei, détruit en 2018. Photo de l'auteur, prise en 2010.

---

85 - Georges Bataille, *Documents* n°7, décembre 1929, p.382.

ΑΣΧΗΜΟ

La grande image et le crachat

> *Le roi de la mer du Sud s'appelait Forme, le roi de la mer du Nord s'appelait Sans-Forme, le roi du Centre s'appelait Chaos. Forme et Sans-Forme rendaient fréquemment visite à Chaos, qui les accueillait avec beaucoup d'urbanité. Forme et Sans-Forme désirant lui en exprimer leur reconnaissance, lui dirent : « Tous les hommes ont sept orifices qui leur permettent de voir, entendre, manger et sentir, vous seul en êtes dépourvu ; si nous vous percions ces orifices ! » Et chaque jour ils lui percèrent un orifice ; le septième jour c'en était fait de Chaos : il était mort.*
>
> Apologue du *Zhuang Zi*, traduit par Pierre Ryckmans[86]

L'engagement artistique me contraint à une sorte de stupidité, celle qui m'oblige à prendre maladroitement appui sur des terrains hétérogènes, celle qui me prive de la sensation rassurante de savoir de quoi je parle, parce que j'éviterais de prendre position hors du cercle repérable de ma spécialité, tel que j'ai appris à le faire à l'université, puis désappris. Parce que je suis un artiste, on me délègue l'usage d'une certaine liberté, je suis autorisé, encouragé même, à faire des liens (intuitifs) entre tout et n'importe quoi, et pour garder un semblant de cohérence, je ne peux que tenter de donner forme à des espaces hétéroclites

---

86 – Shitao, *Les Propos sur la peinture du moine citrouille-amère*, traduit et annoté par Pierre Ryckmans, Hermann, 1984, pp. 63-64.

où coexistent des expériences habituellement séparées. J'aime cette sorte de liberté schizogène, qui m'oblige à établir des ponts au-dessus du vide, à faire travailler les écarts, à ficeler ensemble des fragments épars. La contemplation des 供石 me renvoie à la musique silencieuse des pierres[87], mais si j'essaye de mettre ce que je perçois de ces formes en lien avec ma propre tradition artistique, ma propre expérience, je vois dans un étrange désordre, les moutons et les arches d'Henry Moore, *le Pépin géant* de Hans Arp, les *Foraminifères* de Tony Cragg, Richard Long en train de dégager un cercle dans un pierrier du Sahara, les pierres noires de la *Spiral Jetty* dans le Grand Lac Salé au nord de Salt Lake City ; mais aussi les plis du manteau du *Balzac* de Rodin, boulevard Raspail, l'étrange *Vague* de Camille Claudel, le torse de la poupée de Bellmer, le *Glue Poor* et l'*Asphalt Rundown* de Robert Smithson, et même la *Merda d'artista* de Manzoni. Tout cela compose un drôle de panoptique à propos duquel il faut que je m'explique.

Dans mon parcours, j'ai croisé des artistes, des curateurs, des critiques, des journalistes, des galeristes, des collectionneurs, certaines personnalités extraordinaires capables de défendre des positions originales avec force et élégance, et beaucoup d'autres dont le métier consiste à suivre le rythme des visibilités alternées, c'est-à-dire la mode, captés par une vie inquiète de courtisan et de servitude volontaire. Dans ce contexte, dès l'entrée en école d'art, on se trouve confronté à la question du goût, celle qui trie entre le bon et le mauvais, qui tranche, qui inclut et qui exclut, dans les expositions, les collections, les publications, le goût des uns et celui des autres. Or le discours qui sous-tend

---

87 – Nicolas Idier, *La Musique des pierres*, Gallimard, 2014.

ces prises de position est essentiellement autoréférent, ignorant de ses prémices. Très tôt on perçoit des polarisations, des incompatibilités qui dénotent des sensibilités esthétiques divergentes, mais qu'il est bien difficile de comprendre, au sens ontologique, autrement que par leurs autoaffirmations. Au-delà du goût particulier de tel ou tel individu, il existe cependant des regroupements, des sortes de typologies culturelles basées sur des polarités, locales, régionales, nationales, ou supranationales, mêlant des influences culturelles très diverses, et qui semblent s'exprimer dans le désordre.

Les artistes vivent dans un univers extrêmement compétitif, qui leur demande beaucoup et très vite. Pour tenter de se réapproprier les processus de distinction, ils ne disposent pas comme en sciences d'objets symboliques communs ou de théories unifiées, ni même d'une définition opérationnelle claire ; en réponse à cela, ils sont contraints de développer une sorte d'hypersensibilité au champ en des termes essentiellement intuitifs, habitués à saisir ou pas chaque opportunité, c'est-à-dire à choisir. Ainsi donc une partie importante de l'enseignement dans les écoles d'art consiste à apprendre à percevoir le goût des autres par l'expérience que l'on fait de leur regard. Ces puissants effets d'attraction-répulsion renvoient pourtant à des polarisations culturelles difficiles à caractériser, que ce soit par la possession ou non de tel ou tel attribut esthétique ou sociologique (tant sont nombreuses les inversions-récupérations), ou par l'alignement derrière des sources théoriques repérables. Et les artistes eux-mêmes brouillent continuellement les pistes : face à des structures de sélection-validation extrêmement hétérogènes, ils sont très tôt surdéterminés par le paradoxe qui les conduit à bricoler librement des identités composites pour échapper aux assignations préexistantes, en même temps qu'ils gèrent des régimes d'hyper visibilité, qui souvent, s'ils veulent garder l'attention de leurs réseaux (et leurs sources de financement), les conduisent à surjouer une esthétique contre une autre.

Personnellement cette situation de double discours permanent a fini par me poser un problème, proche du blocage. J'ai donc cherché une sortie, et c'est en Asie que j'ai trouvé une possibilité d'immersion alternative, lente, mais consistante. Parmi les nombreux motifs avec lesquels je me suis retrouvé en contact, parfois en travaillant beaucoup, parfois sans effort, par simple proximité, les 供石 sont apparues comme une sorte de singularité muette. C'est en abordant au travers de ces roches étranges la notion d'informe (taoïste) et donc d'émergence (depuis l'informe), qu'il m'a semblé trouver une sorte d'ouverture en retour sur un motif commun (à tous), susceptible de m'aider à mettre un peu d'ordre dans mon propre contexte critique.

Car l'esthétique des 供石 renvoie évidement à *l'informe*, tant ces pierres semblent une sorte d'actualisation, de matérialisation (d'incarnation presque?), d'un des passages les plus connus du 道德经 (*Tao-tö king* ou *daodejing*), qui a donné son titre au livre de François Jullien, devenu dans le monde de l'art, une référence sur ces questions [88] :

---

[88] – François Jullien, *La Grande image n'a pas de forme, ou du non-objet par la peinture*, Seuil, 2003, p.114. Le deuxième vers est traduit de manière particulière par Jullien, jouant sur l'incertitude dans les sources entre les caractères 免 (*mian*) dont un des sens est « éviter » et 晚 (*wan*) « tard », que l'on trouve plus habituellement, produisant donc la forme 大器晚成, c'est-à-dire : « Le grand œuvre (ou le grand vase) est lent à s'achever (ou à advenir). »

大方无隅	*Le grand carré n'a pas d'angles*
大器免成	*Le grand œuvre évite d'advenir*
大音希声	*La grande sonorité n'a qu'un son réduit*
大象无形	*La grande image n'a pas de forme*

Dans le contexte spécifique de l'histoire de l'art occidental, la question de l'informe est passionnante, parce qu'en réalité c'est du double négatif de la représentation dont il est question : une sorte de terreau naturel à partir duquel émergeraient des images, tels des éclats de réel articulés au désir de voir ou de montrer, avec ou sans mimèsis. J'y retrouve l'idée d'émergence associée à la thermodynamique des systèmes dissipatifs, mais aussi et d'abord, celle d'affleurement de l'inconscient, donc de la psychanalyse étendue au collectif, ainsi que de la phénoménologie de Merleau-Ponty comme méthode appliquée à l'art :
L'énigme tient en ceci que mon corps est à la fois voyant et visible. Lui qui regarde toutes choses, il peut aussi se regarder et reconnaître dans ce qu'il voit alors l'« autre côté » de sa puissance voyante. Il se voit voyant, il se touche touchant, il est visible et sensible pour soi-même.

[...] Visible et mobile, mon corps est au nombre des choses. Il est l'une d'elles, il est pris dans le tissu du monde et sa cohésion est celle d'une chose. Mais puisqu'il voit et se meut, il tient les choses en cercle autour de soi, elles sont une annexe ou un prolongement de lui-même, elles sont incrustées dans sa chair, elles font partie de sa définition pleine et le monde est fait de l'étoffe même du corps[89].

Les images, celles qui intéressent les artistes, sont des objets étranges : elles semblent toutes concentrer quelque chose,

---

89 – Maurice Merleau-Ponty, *L'Œil et l'Esprit*, Gallimard, Folio, 1964, pp. 18-19.

à commencer par l'attention des artistes, mais restent en même temps insaisissables. Il est d'usage de dire que nous vivons dans un monde submergé d'images : torrents audiovisuels, tsunamis marketings, flots ininterrompus de visualisations techniques et scientifiques, les milliards d'images quotidiennes produites par tous à destination de tous. Tout voir et ne rien voir, tel est le paradoxe, ces multitudes extraordinaires produisent des effets de visualisation, véhiculent mille narrations, agitent en tous sens le tissu du désir, enregistrent du réel, géométrisent des espaces, ou simplement disent la pulsion d'exister. Il se dégage pourtant de cette masse fantastique un état de frustration, une lassitude, un ennui existentiel profond, et c'est, me semble-t-il, à partir de cet état que se développe l'activité artistique, comme une tentative de distinguer quelque chose, là où on montre tant et où on voit si peu. Lorsque je résidais à Beijing, j'étais un jour allé voir Ai Weiwei chez lui ; il s'était fait faire une coupe de cheveux originale, qui dessinait un F sur l'arrière de sa tête. Je lui ai demandé ce que cela signifiait, il m'a répondu : « F for fake, fairytales, and whatever you want... »

Marie-José Mondzain désigne par le mot d'*imagerie* ces marées visuelles perpétuellement montantes, à l'opposé des images qu'elle appelle *naturelles*, qui se donnent à voir dans une indétermination surprenante, échappant continuellement à toute stratégie de circonscription, de fixation[90]. Celles-ci semblent reliées à la vie de l'imaginaire lui-même, à une expérience que chacun peut faire, celle d'une convergence extraordinaire entre une visibilité temporaire et une sortie du temps. Une image montre autant qu'elle occulte, rassemble et disperse dans un même

---

90 – Marie-José Mondzain, « L'image naturelle », *Le Nouveau Commerce*, Les Suppléments, 1995.

mouvement : une image est un mouvement. Lorsqu'on la voit, elle semble se lever, avancer et reculer dans le même temps[91]. Elle est activement objet et non-objet, matérielle-immatérielle, animée-inanimée, transcendante-immanente, elle semble émerger en s'immergeant dans le présent. Irions-nous jusqu'à dire que les images engendrent le présent ? Dans ce cas le mot image serait une sorte d'équivalent, un synonyme presque, d'une action-non-action : *être là*. L'informe correspondrait alors à l'arrière-monde de ces images, un réservoir fluide et insondable, un puits sans fond duquel émerge non seulement le présent, mais le temps lui-même, son irréversibilité ou sa circularité.

Dans le domaine spécifique de l'histoire de l'art moderne, l'informe appartient au registre du refoulé, hors toutes proportions repérables, sans géométrie apparente, ne ressemblant à rien, tel un « crachat ». L'intérêt pour cet état aniconique renforcé, pour ces formes qui refusent d'en être, est devenu une sorte de marqueur postmoderne ambigu, à la fois commun et clivant. Pour les artistes d'après après-guerre, surtout américains, il a donné corps à un fantasme d'antériorité esthétique, une sorte de primitivisme dressé contre l'idéalisme européen et son historicisme.

L'exemple du crachat n'est pas anecdotique, dans la revue *Documents*, l'article « Informe » de Bataille voisine avec celui de Michel Leiris intitulé « Crachat » *: [...] le crachat représente un comble en tant que sacrilège. La divinité de la bouche par lui est journellement salie. Quelle valeur accorder en effet, à la raison aussi bien qu'à la parole, et partant à la prétendue dignité de l'homme, si l'on songe que tout discours philosophique, grâce au fait que langage et crachat*

---

91 – À la façon peut-être dont Daniel Arasse le décrit dans *Histoires de peintures*, Denoël, 2004, p. 22.

proviennent d'une même source, peut légitimement être figuré par l'image incongrue d'un orateur qui postillonne ?[92] On voit ici s'emmêler deux notions abondamment reprises dans le champ de l'art contemporain : *l'informe* et *l'abject*, et il n'est pas simple de les démêler du point de vue de l'histoire de l'art. On sent bien chez Bataille comme chez Leiris, l'envie d'en découdre : sent-on le même genre de chose dans les photos d'abattoir d'Eli Lotar, datées de la même année ? Ou dans les photos de nourriture pourrie de Cindy Sherman ? Chez Mike Kelley, Paul McCarthy, les opérations d'Orlan ou dans les étrons de Serrano, Gilbert & George et Wim Delvoye ? La réponse n'est pas simple, tant l'attrait magnétique du dégueulasse produit des sortes de courts-circuits émotionnels qui brûlent à chaque fois différemment la pensée. La juxtaposition du divin et de la salissure est un lieu commun de la passion sacrilège, qui viole des interdits, mêlant le pur et l'impur, jouissant des effets de retournement obscènes. Que ce soit à propos d'un dieu, de l'art, du corps, de la nature, il est question d'inversions, d'atteinte à des intégrités, d'intrusions, d'intime, de pudeurs et d'impudeurs, jouant sur des affects à la frontière si réactive de l'insupportable.

L'esthétique émotionnelle est celle de l'effondrement, mais elle reste prisonnière de son assignation carnavalesque : elle ne fonctionne qu'en lien avec les représentations qui font l'objet de sa fureur transgressive, rejouant obsessionnellement les mêmes effets de libération. Dans l'extrait ci-dessus, Leiris présuppose une qualité divine à la parole humaine, et donc un imaginaire particulier du divin, mais également une valeur esthétique aux fonctions physiologiques de la salive, présupposés qui somme toute, ne vont pas toujours de soi. Cette relativité de *l'abject* est

---

92 – Michel Leiris, *Documents* n°7, décembre 1929, p. 382.

peut-être une façon de le différencier en partie de la notion *d'informe*, qui s'en trouverait dégagée. On pourrait en ce sens considérer les *Achromes* de Manzoni : produits tout au long de sa courte carrière (il est mort à vingt-neuf ans), ce sont des monochromes blancs matiéristes, utilisant du kaolin, de la fausse fourrure, du polystyrène, du coton industriel, des petits pains ou des cailloux. Réalisés durant les années 1950, ils proposent dans leur ensemble des explorations passionnantes autour de la question de la forme et de l'informe, à la manière d'un précurseur, et sans lien avec l'abject. Pourtant on ne peut que constater l'effet d'occultation produit par ses *Merda d'artista* de 1961, des excréments mis en boîte et vendus au prix de l'or, qu'il justifie ainsi dans une lettre à Ben : « Si les collectionneurs veulent vraiment quelque chose d'intime de la part de l'artiste, quelque chose de personnel, il y a la propre merde de celui-ci[93]. » L'effet de rupture opère aujourd'hui encore, et on peinerait à trouver un discours critique capable de mettre réellement en lien ces deux catégories d'informe, qui en réalité n'en font peut-être qu'une ?

Mais qu'est-ce que cela implique au juste de ne pas être dégoûté par un crachat ? La suite de la définition de Leiris dans *Documents* traduit une sorte de trouble attirance esthétique : *Le crachat est enfin, par son inconsistance, ses contours indéfinis, l'imprécision relative de sa couleur, son humidité, le symbole même de l'informe, de l'invérifiable, du non-hiérarchisé, pierre d'achoppement molle et gluante qui fait tomber, mieux qu'un quelconque caillou, toutes les démarches de celui qui s'imagine l'être humain comme étant quelque chose [...].* En Chine, il est ordinaire, le matin surtout, d'entendre de tous côtés de profonds raclements de gorge, suivis de puissantes

---

93 – Freddy Battino, Luca Palazzoli, *Piero Manzoni : catalogue raisonné*, Vanni Scheiwiller, 1991, p.144.

expectorations, ceci étant accompagné d'un discours sur l'hygiène du quotidien. Dans le même registre, la plupart des voyageurs occidentaux ont à raconter des histoires de chiottes chinoises à vous faire dresser les cheveux sur la tête. En effet dès que vous quittez les hôtels internationaux et les centres commerciaux rutilants, vous retrouvez l'usage ordinaire des lieux d'aisance, en général à la turque et sans parois de séparation, avec une hygiène souvent approximative. À la campagne, il n'est pas rare que les gamins du village viennent observer la manière dont l'étranger défèque, non pas pour en rire, mais par véritable curiosité. Pour autant, même si ce genre d'opération s'effectue sans occultation, presque en public et en présence visuelle et olfactive d'autrui, occupé à la même chose, il n'est à aucun moment question d'impudeur, et encore moins d'abjection, mais de physiologie et de transit, qui dans l'esprit de tous est lié à l'importance de la fonction digestive.

Personnellement, j'ai abordé cette problématique un peu différemment ; en tant que microbiologiste, j'ai passé beaucoup de temps à étudier, observer, cultiver, vivre avec des organismes qui ressemblent à des crachats. Les odeurs du laboratoire n'étaient pas sans rappeler celles du contenu intestinal, et souvent les visiteurs se pinçaient le nez. Pour moi, loin de renvoyer à la nausée sartrienne, un crachat est presque un objet de connaissance positive, un objet de science comme un autre, qui met en jeu une géométrie précise et repérable, et qui ouvre sur une chimie physique passionnante, capable de renouveler en profondeur l'idée que l'on peut se faire de la matière et de la vie, de l'animé et de l'inanimé, et de leurs rapports d'engendrements réciproques. Mais en même temps, ma sensibilité esthétique naturelle, que je mets en lien avec la rigueur iconoclaste de mon héritage réformé, me porte vers une abstraction géométrique que l'on pourrait qualifier de minimaliste, où une fétichisation méticuleuse et la matérialité des signes produisent des représentations épurées inattendues, en lieu et place des images interdites. Entre ces divers registres, normalement excluants, je n'ai jamais réussi à choisir.

L'informe : mode d'emploi

En 1996 a eu lieu à Beaubourg l'exposition « L'Informe : mode d'emploi ». Le catalogue, rédigé par les commissaires Yve-Alain Bois et Rosalind Krauss, documente de manière minutieuse le tournant engagé depuis la fin des années 1960 par des artistes qui ont remis en cause le mythe (moderniste) d'invention et de maîtrise positive de formes (idéales), dans un effort de déconstruction (révolutionnaire) assumé collectivement : *L'histoire du modernisme est le plus souvent présentée comme celle d'une maîtrise progressive de la forme. Mais on peut imaginer une contre-histoire qui mettrait l'accent sur la manière dont la forme a été systématiquement disloquée sous tous ses aspects – beauté, concept, ordre, sens*[94]. Cette exposition correspond donc à un point nodal, puisqu'on peut dire aujourd'hui que cette contre-histoire est devenue l'histoire officielle, ou disons une version dominante transmise comme telle dans les écoles d'art en Occident (et en Occident seulement).

Une année plus tôt paraissait aux éditions Macula *La Ressemblance informe* de Georges Didi-Huberman, sous-titré *ou le gai savoir visuel selon Georges Bataille*[95]. L'auteur partage

---

94 – Yve-Alain Bois, Rosalind Krauss, *L'Informe : mode d'emploi*, éditions du Centre Pompidou, 1996, quatrième de couverture.
95 – Georges Didi-Huberman, *La Ressemblance informe*, Macula, 1995.

avec Rosalind Krauss un ancrage fort dans les écrits de l'animateur de la revue *Documents*, puisque la notion d'Informe telle qu'elle est travaillée dans le contexte spécifique de l'histoire de l'art occidental y trouve sa définition première[96]. Or cet héritage se trouve interprété de façon divergente, sur un certain nombre de points essentiels, entraînant une rupture personnelle entre Krauss et Didi-Huberman, que ce dernier documente dans une longue et passionnante postface à la réédition récente de son livre[97]. La rupture ou la ligne de partage dont il est question ici m'intéresse, car les écrits de Didi-Huberman comme ceux de Krauss composent à eux deux, directement et indirectement, une part importante du paysage critique contemporain du début du XXIe siècle occidental, tel qu'il est notamment enseigné dans les écoles d'art.

L'une des manières de qualifier-différencier-comprendre cette rupture consisterait donc à préciser l'usage qui est fait de la notion d'Informe, avec ou sans majuscule, par ces deux auteurs.

Dans une note de l'édition originale de *La Ressemblance informe*, Didi-Huberman explique l'origine du livre comme un compte-rendu transitoire, pensé *comme le moment particulier d'une recherche de plus vaste envergure sur la notion de ressemblance, recherche menée depuis quelques années sur les objets d'une longue histoire – tous liés, peu ou prou, à l'iconographie chrétienne – et dont l'œuvre de Bataille pourrait être considérée comme le point réellement final, en quelque sorte la moderne condition d'impossibilité*[98]. Face donc à cette irreprésentabilité qui n'abandonne pas (l'espérance), Didi-Huberman propose une économie de l'image en perpétuelle transformation,

---

96 – Georges Bataille, *Documents* n°7, décembre 1929, p. 382.
97 – Georges Didi-Huberman, *La Ressemblance informe*, Macula, réédition 2019, p. 422.
98 – *Ibid.*, p. 502.

entre *morphogenèse* et *morphonécrose*, où l'informe est un état transitoire de la fonction imageante, qui émerge continuellement de l'image autant qu'il permet son émergence dans un processus continu, considérant «les formes elles-mêmes selon la temporalité de leurs émergences, de leurs écoulements et de leurs résurgences[99]». Ni les formes ni les images ne sont donc figées, et l'informe n'est pas leur contraire, mais leur alternance. L'informe c'est l'indistinct, l'inquiétante étrangeté qui surgit des images elles-mêmes, tout comme les images surgissent de l'informe dans une économie complexe, à la fois philosophique et émotionnelle. Les émotions produisent ainsi des formes, des images, des représentations qui ont leur vie propre, se développent dans le temps et dans l'espace (morphogenèse) puis se rigidifient, se figent et se dessèchent (morphonécrose), dans des cycles presque biologiques, plus ou moins longs, plus ou moins politisés. L'informe est habité, parce que tout est habité. Clignotement des images, impermanence, variabilité historique et culturelle, historicité, surgissement, trace, les images produites dans un contexte donné sont inscrites dans des mécanismes électifs; elles sont liées à l'expérience d'un groupe social et à sa représentation fluide, à l'image qu'il a ou qui lui manque, et qu'il donne de lui-même. La notion d'informe renvoie donc ici à une dissolution, une inversion réversible, qui garde en négatif, retourné comme dans une empreinte, l'argument initial de son origine: la question de la ressemblance centrée sur la figure humaine (sanctifiée), ne fût-ce que sous la forme d'une impossibilité.

Oserais-je dire qu'il s'agit là d'un point de vue humaniste catholique, qui situe *dans* l'image elle-même les phénomènes d'émergence et de révélation, sous les signes conjugués du désir,

---

99 – *Ibid.*, p. 462.

de l'absence et du manque, c'est-à-dire de la Présence ? Tout au long de *La Ressemblance informe*, suivant la terminologie bataillienne, il sera alors question d'« anthropomorphisme déchiré ».

Élaborés dans un tout autre contexte, les écrits de Rosalind Krauss ont été pour moi, comme pour beaucoup d'autres artistes, profondément formateurs, puisqu'elle est l'un des principaux auteurs qui a formalisé le passage à la critique postmoderne sous la forme d'une rupture d'avec les valeurs héritées du modernisme. Prenant acte de l'inventivité extraordinaire des artistes des années 1970 nord-américaines, dont témoignent par exemple les écrits de Donald Judd, Robert Morris, Mel Bochner, Robert Smithson, Peter Hutchinson, elle documente et accompagne des modalités expérimentales nouvelles, des manières d'engager l'activité artistique alors jamais vues. Utilisant des concepts issus du structuralisme et de la linguistique, Rosalind Krauss a amené une nouvelle façon de parler de l'art, dans laquelle beaucoup d'artistes se sont immédiatement reconnus. Que ce soit la prégnance du motif de la grille[100], la question de la reproduction et de la copie à propos de Rodin[101], celle de l'index et du langage chez Duchamp ou Picasso[102], nombre de ces textes ont largement contribué à mettre un discours éclairant en correspondance avec les pratiques artistiques et les manières de voir qui nous sont aujourd'hui familières. Au point que pour beaucoup d'étudiants, il est difficile d'imaginer comment l'histoire de l'art (moderne) était précédemment présentée : sous la forme d'une narration linéaire qui faisait se succéder les styles,

---

100 – Rosalind Krauss, « Grilles », dans *L'Originalité de l'avant-garde et autres mythes modernistes*, Macula, 1993, p. 93.
101 – « Sincèrement vôtre (Rodin et la question de la reproduction) », *ibid.*, p. 151.
102 – « Notes sur l'index », *ibid.*, p. 65.

les biographies d'artistes, les avant-gardes, l'idée de progrès, attribuant aux artistes la fonction positiviste d'élévation, et à l'art celle de la transcendance (humaniste). Cette sorte de fabrication historiciste, née en Europe au XIXe siècle, qu'Yve-Alain Bois qualifie de « discours d'antiquaire », a été renversée par la génération contestataire des années 1960. Pour exemple, dans « LeWitt in Progress », Rosalind Krauss déconstruit ce genre de propos : « Pour la quasi-totalité des commentateurs de l'œuvre de LeWitt, il ne fait aucun doute que ces emblèmes géométriques sont l'illustration de l'Esprit, la démonstration du rationalisme lui-même[103]. » Démontrant la faiblesse des arguments utilisés, elle propose au contraire une analyse mettant en avant une attitude obsessionnelle, qui loin de représenter la raison, l'excède et la dépasse, sans trace d'idéalisme, tel que LeWitt le dit lui-même : « Les pensées irrationnelles devraient être poursuivies jusqu'au bout, et avec logique[104]. » Finalement : « Bien plus que l'Esprit c'est l'aporie, ne serait-ce que parce qu'elle est un *dilemme* et non une *chose*, qui est un modèle pour l'art de LeWitt[105]. »

Le recours à l'informe a ainsi joué un rôle déterminant, une sorte d'opérateur central, dont l'intitulé de l'exposition « L'informe : mode d'emploi » rend bien compte : cette exposition a mis pour la première fois en évidence et de manière convaincante, un motif récurrent chez les artistes des années 1960-1970, dont l'usage s'est trouvé régulièrement associé à des démarches artistiques alors alternatives. Car il s'agissait bien pour ces artistes de dépasser le formalisme auquel ils étaient confrontés, en accordant de l'attention à ce qui n'en avait pas, en cherchant les

---

103 – « LeWitt in Progress », *ibid.*, p. 337.
104 – *Ibid.*, p. 347.
105 – *Ibid.*, p. 350.

conditions d'une activité artistique, une sorte de beauté, l'art, ou je ne sais quoi (la vie?), dans le tout-autre[106]. Faisant souffler un vent de liberté, ils se sont mis à travailler des *choses* vraiment nouvelles, des matériaux mous, synthétiques ou techniques, des tissus, des écoulements, des surfaces et des coulures, des tas, des accumulations, des reflets, le sol, les murs, l'espace, l'intérieur et l'extérieur, des gestes, des actions, des index d'actions, des sons, des images photographiques instantanées ou mobiles, dans une sorte de régression poétique jubilatoire et infinie.

Mais comment donner à voir ce référent commun, par essence insaisissable, informalisable, sans le fixer? Le détour par l'informe n'a-t-il pas si bien fonctionné justement parce qu'il n'avait pas de « mode d'emploi » ?

Yve-Alain Bois lui-même évoque dans le catalogue cette difficulté en reconnaissant par avance que « ce risque est peut-être imparable, mais...[107] », mais il était sans doute nécessaire de le courir pour imposer cette nouvelle grille de lecture (critique) de façon radicale, suffisamment forte pour qu'elle s'impose, c'est-à-dire qu'elle déclasse l'ancienne. Ce paradigme élaboré dans un contexte nord-américain s'est imposé dans les années 1980-1990 comme une norme un peu partout en Occident, et notamment dans les écoles d'art, un positionnement théorique dominant en phase avec une domination culturelle jouant sur les effets boomerang de la *French Theory* aux États-Unis. Or à partir du moment

---

106 – En réponse à André Breton qui dans le *Second manifeste du surréalisme* le traite de « philosophe excrémentiel », Georges Bataille définit en 1930 le concept d'hétérologie : *Science de ce qui est tout autre. Le terme d'agiologie serait peut-être plus précis, mais il faudrait sous-entendre le double sens d'agios (analogue au double sens de sacer) aussi bien* souillé *que* saint. *Mais c'est surtout le terme de scatologie (science de l'ordure) qui garde dans les circonstances actuelles (spécialisation du sacré) une valeur expressive incontestable, comme doublet d'un terme abstrait tel qu'*hétérologie. Georges Bataille, « La valeur d'usage de D.A.F. de Sade », dans *Œuvres complètes II, Écrits posthumes 1922-1940*, Gallimard, 1972, p. 61.

107 – Yve-Alain Bois, Rosalind Krauss, *op. cit.*, p. 37.

où l'art renvoie de manière conventionnelle à une notion telle que l'informe, repérée et commentée dans des expositions et des publications théoriques, tout comme il renvoie à la notion de déconstruction, de provocation ou de questionnement en tant qu'attribut ordinaire, on se trouve dans un nouveau formalisme, et l'informe dont il est question n'est plus ce tout-autre, insaisissable-saisissable, hors-champ indicible, inassignable, mais son contraire, une fixation, un style[108]. Les jeunes artistes, qui n'ont jamais connu la manière moderne, se trouvent donc pris dans un douloureux paradoxe : avoir intégré le discours de rupture (postmoderne) sans avoir vécu l'expérience de la rupture, être pris dans une rhétorique révolutionnaire alors même que l'élan révolutionnaire a depuis longtemps disparu. Un peu comme cette sensation étrange que l'on a en roulant à travers les paysages de l'Ouest américain, où l'inattendu renvoie sans cesse au déjà vu[109].

---

108 – C'est ainsi, en perdant la mémoire de l'expérience, que les révolutions produisent leur contraire : parmi les tics discursifs actuels du monde de l'art, l'usage surabondant du verbe « questionner » me semble symptomatique. Appliqué à tout et n'importe quoi, on oublie que cette activité de « questionnement » se trouve être liée à une révolution symbolique, dont les modalités sont reconduites aujourd'hui dans un état d'esprit presque opposé, associé à des valeurs conservatrices.

109 – Dépassé par la réalité des marchés et de l'*entertainement* culturel, le discours postmoderne qui avait surjoué l'obsolescence de la modernité, est lui-même devenu obsolète (voir le n°100 de la revue *October* consacré à cette question). Farouchement antihistoriciste, il est aujourd'hui historiquement daté, même s'il reste essentiel pour comprendre des pans entiers de l'histoire de l'art, et notamment la manière dont la notion d'entropie s'est trouvée engagée si loin de son origine. Je risquerais un commentaire supplémentaire pour dire que cette façon d'envisager la rupture sur un mode cassant, antidialectique, me semble liée à la culture réformée et au mouvement que l'on fait lorsqu'on tourne le dos.

Iconophile, iconoclaste, aniconique

En réalité cependant, ces deux points de vue, celui de Krauss et celui de Didi-Huberman, me semblent d'une certaine façon n'en faire qu'un, tous deux issus d'une ancienne différenciation culturelle méditerranéenne, formant les deux faces inversées d'une même histoire, iconophile et iconoclaste, l'une montrant, l'autre désignant. Yve-Alain Bois dit bien que «Didi-Huberman réintroduit en force tout ce que la pensée de l'informe telle que nous la comprenons voulait évacuer[110].» Mais de quoi est-il question, qu'est-ce qui doit tant être évacué? À lire cet auteur, c'est la notion de ressemblance qui pose problème, traînant derrière elle celle de figure (humaine), ou disons de figuration anthropomorphe, qui semble effectivement être le contexte à l'intérieur duquel Didi-Hubermann développe son discours critique, brouillant la frontière entre le monde et les images, dans un rapport de porosité, d'infusion réciproque[111]. Dans la perspective de Bois et de Krauss, l'informe est au contraire ce qui jamais n'est reconnaissable: l'informe par définition, ne ressemble à rien, sinon il ne serait pas informe? On pourrait aller jusqu'à dire

---

110 – Yve-Alain Bois, Rosalind Krauss, *L'Informe: mode d'emploi*, Centre Pompidou, 1996, p. 73.

111 – Le fait que sur la scène artistique des années 1960 nord-américaines, l'une des (nombreuses) insultes parmi les plus déclassantes concernant un travail plastique était le qualificatif *anthropomorphic*, est sans doute relevant de cet état d'esprit.

qu'il ne devrait pas même être nommé, ni désigné en tant que tel, pour rester dans l'état d'indétermination qui est le sien, ce qui dans ce cas toucherait au sacré.

Or je ne peux m'empêcher d'associer cette manière d'aborder la question de l'image (en tant que lieu de retour des semblances) et son rejet (par inversion), à la culture réformée qui se trouve être la mienne. Le geste iconoclaste qui fonde la tradition protestante a pour effet d'évacuer, à la manière d'un refoulement, ces images particulières, qui installent leurs contemplateurs dans une attente fascinée. Mais d'autres images ne cessent de les remplacer, car il est impossible de ne pas avoir de représentations. Dans ce contexte, les images qui subsistent ne valent alors plus pour elles-mêmes, mais pour leur valeur d'index : elles désignent, sous la forme d'un absolu du signe, dont la fonction est d'établir une correspondance (avec l'irreprésentable). Ce genre d'image-signe, à l'intérieur desquelles rien ne se révèle, doit donc à toute force et continuellement réaffirmer son statut de non-image, en même temps qu'elle vaut pour beaucoup d'autres. Cette aporie est sans doute l'une des sources de la violence métaphysique de la culture réformée. Elle produit une esthétique spécifique, puisque ce n'est pas d'images au sens premier dont il est question, mais de désignations, d'indexations, de systèmes de signes dirigés vers des extériorités, qui sont les vrais lieux de la révélation, ou de son absence, c'est-à-dire de son attente.

Parmi ces extériorités, il y a le texte (le ou les livres), ainsi que le vide habité, celui de l'architecture et celui du paysage, qui sont les seuls lieux sensibles d'une inquiétude véritable. C'est par exemple ce à quoi on peut penser, à la frontière mexicaine, en visitant la résidence-mausolée de Donald Judd à Marfa Texas, ses salles d'exposition privatives, munies chacune d'un lit-sculpture ascétique, la bibliothèque attenante, l'atelier figé et silencieux, le vide du désert tout autour, empli d'arbustes odorants, de scorpions et d'histoires d'extraterrestres.

Par ailleurs, et c'est un autre phénomène à relever, l'absolu dont il est question dans ce cas est asexué, ou plutôt il résulte dans la tradition réformée d'une opération de désincarnation, qui est la conséquence du rejet des figurations humaines, refoulant une économie libidinale qui dans la tradition iconophile donne un genre aux flux, aux écoulements, aux drapés, au sang et à la blessure, c'est-à-dire à l'Informe.

Dans les écoles d'art que j'ai fréquentées en Europe, on nous faisait encore pratiquer le dessin dans deux types de cours distincts : le dessin dit d'objet, où l'on dessinait des *choses* dans un espace repéré (géométrique), et le dessin académique, où l'on dessinait des femmes et des hommes, généralement jeunes, qui venaient poser nus, pour qu'on en observe l'anatomie, dans un jeu de tension subtil entre un idéal abstrait (le canon) et une individuation spécifique (la personne), dans un temps donné, celui de la pose, et dans un espace émotionnel particulier, celui de la transgression pudique. Même si ces catégories sont aujourd'hui obsolètes, qu'elles ont été évacuées de l'enseignement supérieur, elles restent étrangement normatives, ou en tout cas *formatrices*, puisqu'on les retrouve un peu partout dans les multiples parcours préparatoires.

Or apprendre à dessiner, et donc à regarder, avec un tel dispositif n'est pas anodin. La pratique simultanée de ces deux modes opératoires, dessiner des *choses* (à priori inanimées) insérées dans un espace topologique (qui fait paysage), et dessiner des *corps* nus (à priori animés) qui semblent se détacher, figés comme hors du temps et de l'espace (faisant décor), produit des manières non seulement de faire, mais de voir. Elle produit un imaginaire de la forme, une manière de l'approcher, comme de l'extérieur, en projections de volumes animés-inanimés, et partant un imaginaire de l'informe qui lui est associé, au sein même de la représentation. L'expérience sensible consiste dans la pratique à faire passer l'organique de l'appareil locomoteur humain par le compas et l'équerre, c'est-à-dire par une modélisation, une analyse qui découpe des contours et délimite des surfaces, de manière à faire tendre sa représentation vers un état intermédiaire entre le réel et l'idéal qui va remplacer, ni vu ni connu, la réalité organique, permettant d'éloigner ce que le tangible a de corruptible, d'informe et donc d'insupportable.

En réalité on mesure mal le point auquel cette façon d'envisager l'activité artistique (celle de l'artiste autant que du regardeur), est à la fois culturellement déterminée, autant que déterminante. Elle renvoie au double sens du mot représentation : d'une part un imaginaire du soi sous forme d'enveloppe (que voient ceux qui me regardent?) et réciproquement du collectif (qui sont ces corps qui m'entourent et desquels émerge constamment une présence mystérieuse?). D'autre part au sens politique : mon existence, celle que je m'attribue, celle que l'on me reconnaît, celle du groupe auquel j'appartiens, qui cherche peut-être une reconnaissance, dépend de systèmes complexes de représentations emboîtées, qui relient la partie au tout, l'individu au politique.

La question de la représentation touche toutes les cultures, mais ce dispositif qui donne à la morphologie du corps humain une place si centrale, est totalement absent de l'histoire de l'art chinois, alors même qu'elle est ancienne, multiple et variée, qu'elle fait montre d'une virtuosité technique impressionnante, accompagnée d'une activité critique et réflexive elle aussi ancienne, profonde et continue. La représentation anatomique de corps nus n'a jamais intéressé les Chinois[112]. Dans mes explorations en zigzag de l'univers contemporain en Chine, de galeries en ateliers, en passant par les écoles d'art et les musées, je n'ai jamais rencontré ces catégories autrement que sous la forme d'importations-transpositions récentes, souvent décalées.

Cette affaire pourrait sembler anecdotique si elle n'était en lien avec une manière d'envisager non seulement l'activité artistique, mais au-delà une économie des images du corps, de l'espace et du temps, qui non seulement s'organise différemment, ce qui est bien naturel, mais qui a surtout le pouvoir de me faire voir en retour la singularité de la mienne. De la même manière, je n'imagine pas non plus un monochrome, une sculpture minimale, ou un objet spécifique, dans le contexte chinois, tout du moins pas dans le sens que nous lui donnons (sans même y songer), ce qui se lit non seulement dans ce qui est donné à voir, mais aussi dans son contexte implicite. Alors que pourtant, les notions d'économie, d'essentialité du geste et de fonctionnalité du vide sont elles-mêmes fort développées, dans ce qui relève sans doute d'un autre minimalisme. [...] *pourquoi la peinture lettrée, en Chine, a-t-elle finalement préféré la figuration d'une tige de bambou, ou d'un rocher, à celle d'un corps humain? Un homme – un rocher, étrange vis-à-vis... Car peut-on les comparer? Le critique chinois le*

---

112 – François Jullien, *Le Nu impossible*, Points, 2005.

donne à croire puisqu'il part du principe que peindre un rocher fait appel à la même exigence que peindre un corps humain. Non qu'il considère le corps humain figé, mais parce qu'il considère le rocher vivant, écrit François Jullien dans *Le Nu impossible*[113].

---

113 – *Ibid.*, p. 47.

Choses

Le mot « chose », vient de l'ancien *cosa*, issu du latin juridique *causa*, la cause, le procès. Ainsi donc ce qui désigne cette individuation inanimée ordinaire, relève en Occident du débat contradictoire et du jugement qui départage, de la fonction rhétorique qui découpe dans le réel pour le qualifier. Ce n'est pas le cas dans la tradition chinoise : le mot 东西 (*dongxi*), littéralement « Est-Ouest[114] », désigne un fragment analogue de réalité, mais dont l'étymologie insiste sur la transition, sur un entre-deux assumé en tant que tel, sans nécessité d'assignation supplémentaire. Par ailleurs, la différence subtile entre un objet et une chose n'est pas triviale du point de vue de l'activité artistique, elle dépend pour moi du degré de focalisation, de scrutation que le regardeur entretient avec cette extériorité. En neurosciences, on qualifie le degré d'attention sélective, qui traite l'information visuelle à son entrée dans le système nerveux en l'intégrant, c'est-à-dire en choisissant ce qui doit être vu et surtout ce qui ne doit pas l'être[115]. Cette opération module l'espace en établissant une pon-

---

114 – Cf. page 216. Par ailleurs, le mot 东西 (*dongxi*) désigne les « choses » du quotidien. Un objet au sens d'une chose concrète se dit 实物 (*shiwu*) et désigne par exemple les artefacts que l'on retrouvera dans un musée 博物馆 (*bowuguan*), alors qu'un objet issu d'une activité artistique se dit 艺术品 (*yishupin*) et met l'accent sur le processus de production et son résultat.

115 – Le système nerveux optimise son fonctionnement en produisant un tri instantané, dès la perception, pour éliminer une grande partie de ce qui est perçu, en fonction d'hypothèses interprétatives fondées sur l'expérience et sur des modes perceptifs préexistants, produisant les effets bien connus d'*attentional blindness*.

dération immédiate entre ce qui fait face et la périphérie. Un objet fait face, une chose existe dans une périphérie. Une image-signe, dans la perspective nominale dont j'ai parlé plus haut, serait donc une chose plus qu'un objet, alors que l'image dont on attend une émergence du dedans d'elle-même ne se regarde pas comme une chose[116]. Les 供石 quant à elles semblent pourtant réunir les deux, comme un ready-made ou un monochrome, ce sont à la fois des choses et des objets : un élément périphérique qui littéralement *ferait* face. Sauf que la distribution symbolique est différente puisqu'une pierre de lettré ne correspond pas à un objet issu d'une activité artistique ni d'un processus de production industrielle ou artisanale.

Tous ces questionnements et leurs limites sont passionnants à explorer pour les artistes et, on l'aura compris, je n'ai personnellement réussi à le faire qu'en sortant du monde occidental, tant les deux faces de cette culture (iconique) renvoient selon moi à un monde également surhabité, que l'on soit croyant ou pas, rempli de figures parentales plus ou moins régressives, plus ou moins érotisées, où le manque est thématisé au travers du motif de l'amour impossible et de l'attente, cultivant l'angoisse du temps qui passe. De ce point de vue, ce n'est pas la nature qui aurait horreur du vide, mais bien « l'homme occidental » installé dans un rapport de fascination particulier, hérité d'anciennes cultures méditerranéennes, et qui me semble-t-il, lui est

---

116 – Pourrions-nous dire qu'une partie importante de l'activité de certains historiens de l'art se résume à des *causeries* sur l'art ?

propre[117]. « Pourquoi n'avons-nous pas fait du vide et de sa désaturation la source du spirituel en Europe (et lui avons-nous préféré l'hypostasiant, le plein de l'Être ou de Dieu) ? » s'interroge François Jullien dans *La Grande Image n'a pas de forme*[118] car « la Chine n'est pas hantée par ce Dieu caché ; elle n'est pas intéressée à déchiffrer la Promesse, ni ne s'est inquiétée du Manque[119]. » Non qu'il n'y ait pas d'arrière-monde en Chine, il suffit de voir les petits autels campagnards bricolés aux Bouddhas de la terre et ceux cachés au cœur des maisons, ou alors les superstitions qui entourent les tombes et les cimetières pour bien comprendre que là aussi le vide est habité. Mais ces présences ne l'occultent pas, ne le remplissent pas, elles forment un peuple semblable au nôtre, investissant d'autres recoins du même monde. Au-delà de cette proximité habitée, « la Chine, surtout taoïste, a choisi de penser indistinctement l'indistinct. C'est pourquoi elle pense non l'Être ou Dieu, mais le tao[120]. »

La métaphysique taoïste présente à la fois des éléments relevant de la spiritualité, de la philosophie et de la poésie, sans que des frontières claires ne semblent utiles, et elle n'est pas séparée non plus d'un terreau populaire qui mêle toutes sortes de valeurs, de représentations et de superstitions vécues au quotidien, dans la manière d'agir, de se mettre en mouvement, de se nourrir et de se soigner, d'investir le temps et l'espace social. Dans le 道德经 (*daodejing*), la façon dont l'informe est engagé

---

117 – Le mot « homme » utilisé de cette façon donne un genre à l'humain, ce qui m'a toujours semblé étrange, mais renvoie à l'étymologie du mot *fascination*, tel que le mobilise Pascal Quignard : « La fascination signifie ceci : celui qui voit ne peut plus détacher son regard », *Le Sexe et l'Effroi*, Gallimard, 1994, p. 111. Cela pose pour moi une question inversée : comment ont été produites les conditions d'une telle sexuation du regard, alors que je n'en vois que peu ou pas trace en Chine ?

118 – François Jullien, *La Grande Image n'a pas de forme, ou du non-objet par la peinture*, Seuil, 2003, p. 124.

119 – *Ibid.*, p. 156.

120 – *Ibid.*, p. 69.

fait penser au chaos biblique de la Genèse, mais un chaos qui aurait perduré comme un élément constitutif du présent, faisant continuellement émerger des formes nouvelles ou anciennes. C'est à cette capacité d'émergence (et de mutation) et non aux formes elles-mêmes que s'est intéressée la pensée, que nous appelons philosophie, en Chine.

Si je me risque à nouveau dans une traduction, certainement très imparfaite, d'un extrait du chapitre XXI, cela donnerait la description suivante :

道之为物	Le tao est quelque chose
惟恍惟惚	De confus et d'indistinct
惚兮恍兮	Si indistinct et si confus
其中有象	En lui sont les formes
恍兮惚兮	Si confus et si indistinct
其中有物	En lui sont les choses

Ici le mot « chose » vaut autant pour de l'inanimé que de l'animé, donc des êtres. Je pourrais donc traduire de manière peut-être plus exacte : « Si confus et si indistinct, en lui sont les étants », c'est-à-dire les individuations, les formes émergentes.

Citant Qian Wenshi, un poète des Song, François Jullien décrit la manière dont les peintres chinois se sont attachés à représenter des états transitoires : *La montagne sous la pluie ou la montagne par temps clair sont, pour le peintre, aisées à figurer. [...] mais que du beau temps tende à la pluie, ou que de la pluie tende au retour du beau temps [...] quand tout le paysage se perd dans la confusion : émergeant – s'immer-*

geant, entre il y a et il n'y a pas – voilà qui est difficile à figurer[121]. Plutôt que de chercher une vraisemblance sous la forme d'une sorte de repérage objectif de l'espace, Jullien souligne de quelle façon l'activité artistique est envisagée dans ce contexte : contacter une instabilité et se maintenir dans son lieu d'émergence-mutation (des formes). L'imitation de la nature est ici imitation des processus naturels, ce qui oriente l'action vers ce qui semble être son contraire, mais ne l'est pas, le non-agir (无为), c'est-à-dire vers une action sans intention et pourtant durablement tendue vers une réceptivité, l'équivalent de l'attention flottante. *Peignez l'arbre, non comme un objet perçu devant vous, tel que ses traits le caractérisent à la vue, mais tel qu'il « reçoit sa nature » : en reproduisant la logique de l'immanence qui, de l'informel au formel, fait sa poussée progressive jusqu'à le faire aboutir, par ces traits-ci, à cet ainsi ; autrement dit ce n'est qu'en remontant au départ de ce mouvement d'émergence hors de la « confusion-indifférenciation » de l'invisible qu'il y a effectivement possibilité de « création »*[122]. L'attention porte donc entièrement sur des phénomènes de déploiement spontanés à partir d'un fond indifférencié, supposant la possibilité pour l'activité artistique, de rejouer des mécanismes analogues à ceux qui sont à l'œuvre partout ailleurs dans le réel. Ces mécanismes d'émergence spontanée ne sont pas univoques, ils ne cessent de modifier ce qui advient tout au long du processus d'émergence lui-même, par des phénomènes de transformation-mutation, dans une perspective presque biologique plus que mathématique, proche de l'idée de germe, de développement embryonnaire, de dynamique écologique ou d'évolution. C'est pourquoi la tradi-

---

121 – François Jullien, *op. cit.*, p. 19.
122 – Shen Gua, cité dans le *Songren hualun, Hunan meishu chubanshe*, 2000, cité par François Jullien, *ibid.*, p. 50.

tion chinoise accorde une telle importance aux conditions initiales et à la réalisation concrète.

Shitao au chapitre sept des *Propos sur la peinture du moine citrouille-amère*, parle de l'activité artistique en lien avec *Yin* et *Yun*, concepts tirés du 易经 (*Yijing*), *Le Livre des mutations* (ou des transformations), et qui sont l'« essence première à partir de laquelle s'opèrent les métamorphoses de toutes les créatures[123] » :

L'union du pinceau et de l'encre est celle de Yin et Yun.
La fusion indistincte de Yin et Yun constitue le Chaos originel.
Et, sinon par le moyen de l'Unique Trait de Pinceau,
comment pourrait-on défricher le chaos originel ?
En s'en prenant à la montagne, la peinture trouve son âme ;
En s'en prenant à l'eau, elle trouve son mouvement ;
En s'en prenant aux forêts, elle trouve la vie ;
En s'en prenant aux personnages, elle trouve l'aisance.
Réaliser l'Union de l'encre du pinceau c'est résoudre la distinction
de Yin et Yun, et entreprendre de défricher le chaos.
[...]
Au milieu de l'océan de l'encre, il faut établir fermement l'esprit ;
À la pointe du pinceau, que s'affirme et surgisse la vie ;
Sur la surface de la peinture s'opère une complète métamorphose ;
Au milieu du chaos s'installe et jaillit la lumière ![124]

---

123 – Cf. note de Pierre Ryckmans : *Yin-Yun désigne l'union fondamentale du Ciel et de la Terre, l'accouplement des opposés-complémentaires à partir duquel s'engendrent tous les phénomènes ; et telle est bien l'union du pinceau et de l'encre : la dialectique du mâle et du femelle ne s'exerce pas seulement dans la peinture elle-même (avec la combinaison de la montagne et de l'eau), mais encore au niveau des instruments du peintre, avec le pinceau et l'encre*. Shitao, *Les Propos sur la peinture du moine citrouille-amère*, traduit et annoté par Pierre Ryckmans, Hermann, 1984, p. 63.

124 – *Ibid.*, p. 61.

Cette perspective m'a semblé non seulement étonnamment en phase avec certains aspects de la génétique contemporaine (et peut-être de la thermophysique quantique) qui m'intéressent, mais également au plan artistique, en lien avec la notion de ressemblance telle que la décrit Didi-Huberman, tout autant qu'avec un discours postmoderne qui met l'accent sur les processus, les modalités performatives, et qui reprend l'usage fait de l'informe, au sens littéral, par les artistes des années 1970[125]. Ceci dit, je me garderais d'un rapprochement trop insistant, au risque d'en réduire la portée. Même s'il me semble effectivement que dans le domaine de l'art contemporain chinois, l'aspect performatif offre une grille de lecture plus éclairante que les autres, et constitue souvent une porte d'entrée pour un visiteur occidental. Il n'y a qu'en Chine que j'ai eu parfois l'impression d'assister à des performances susceptibles de mobiliser une intensité comparable aux performances historiques de Chris Burden ou de Vito Acconci, du moins telles que je me les imagine. Probablement parce que cette forme est culturellement préexistante dans la société chinoise. Cela peut se lire dans mille gestes du quotidien : la manière de saluer ou d'indiquer une direction, le langage non verbal des amoureux, la façon de tenir tête ou de manifester sa colère.

Un jour où je me promenais dans la rue à Chongqing, j'ai été attiré par un mouvement de foule, des gens couraient et s'interpelaient, d'autres regardaient en l'air : des personnes juchées au sommet de leur immeuble, assises les jambes dans le vide, en étaient la cause. J'ai mis un certain temps à comprendre qu'elles

---

125 – Joseph Tanke, « Cette étrange idée de l'art », *artpress2* n°46, 2017.

étaient prêtes à sauter pour protester contre la démolition programmée de leurs lieux de vie[126].

J'étais alors à Chongqing invité par un centre d'art, notamment pour participer à un workshop où les interventions performées m'avaient beaucoup impressionné. Cette manière commune de mettre en jeu le corps avec une radicalité démonstrative d'autant plus grande qu'elle était silencieuse, sans cris ni paroles, comme si les corps parlaient d'eux-mêmes, en *faisant signe*, dans un sens conventionnel, déchiffrable par tous[127].

Les enfants savent dessiner avant d'apprendre à écrire, et c'est cette activité spontanée de dessin qui est contrainte pour entrer dans l'écriture. Dans ma culture, cela suppose une rupture, car j'ai dû apprendre une écriture phonétique, où les dessins n'en sont plus, ce sont des signes, une sténographie auditive qui représente des sons. Apprendre à écrire en chinois ne suppose pas une telle rupture, les idéophonogrammes gardent un lien direct avec le dessin : tous les Chinois voient une montagne dans 山 et un cheval dans 馬 (même s'il est simplifié en 马). Peut-être est-ce pour cela que le monde chinois offre une sorte de continuité ontologique là où nous ne pouvons que penser de façon discontinue ?

Dans 大象无形 « la grande image n'a pas de forme », 大象 (*daxiang*) désigne, dans un contexte philosophique la grande image ou le

---

126 – Cela se passait à deux pas de l'endroit où se trouvait la célèbre « maison clou » (钉子户, *dingzhihu*) de Chongqing, que les propriétaires refusaient de vendre et que les promoteurs avaient isolée au sommet d'un pic en creusant tout autour.

127 – J'écris « comme si les corps parlaient d'eux-mêmes », alors qu'ici il faudrait dire « comme si les corps écrivaient d'eux-mêmes ». Dans les mondes chinois, l'écriture est première, elle est commune, officielle, normative, un discours est d'abord lu et non déclamé, il est d'abord écrit avant d'être dit, un poème aussi. La langue parlée est son contraire presque, il suffit de faire quelques dizaines de kilomètres pour changer de dialecte et ne plus se comprendre, l'oralité accompagne la légèreté spontanée du quotidien, son expression ordinaire, qui pour cela doit rester inconséquente. Dans les temples taoïstes, on ne dit pas des prières, on les écrit.

grand tout, et de manière surprenante, dans le langage ordinaire un éléphant. En réalité 象 est un pictogramme, qui figure bien sous une forme stylisée, un éléphant, animal extraordinaire et rare dans la Chine ancienne, qu'on ne pouvait vraisemblablement qu'imaginer à partir de descriptions ou de représentations. Le sens aurait donc glissé de la représentation d'un éléphant à l'idée de représentation seule, c'est-à-dire d'image ou d'imaginaire.

Comme souvent en chinois, il existe une généalogie repérable du caractère 象 depuis des dessins pariétaux figuratifs. Schématisé petit à petit avec sa trompe sur le haut, ses pattes et ses deux défenses à droite, il active à chaque fois qu'on l'écrit, pour tous aujourd'hui encore, une mémoire dessinée issue du néolithique. D'après Aux sources de l'écriture chinoise, *Wang Hongyuan (王宏源), Sinolingua Beijing, 2004.*

无形 (*wuxing*), se traduit par « invisible, intangible », 无 étant privatif et 形 signifiant « paraître, forme, corps, silhouette ». 形 est un caractère composite : 井 (*jing*) vaut pour rappel phonétique (le son *jing* étant proche de *xing*) et 彡 évoque en trois traits projetés la présence d'une ombre, étymologiquement « ce qui a une ombre et qui se prononce comme *jing*[128] ».

---

128 – Sur cette notion d'idéophonogramme, cf. note 6, p. 33.

Dans mon activité artistique, je cultive depuis longtemps une obsession centrée sur le motif de la chimère, ce qui se traduit au plan esthétique par une problématique récurrente : faire tenir ensemble des éléments séparés. Une chimère n'est ni un collage ni un hybride : un collage (tout comme une hybridation) a quelque chose de réussi, de virtuose, dont la chimère est dépourvue. C'est un accolement qui garde deux individuations non fusionnées, contraintes à une coexistence bricolée.

Dans le quotidien de l'atelier, je m'intéresse donc à cette sorte de brutalité, à la manière dont des représentations, des objets, des images, des actions peuvent établir des formes de symbioses non fusionnelles, dans des cohabitations chaotiques imposées.

Le peintre ne peint pas sur une toile vierge, ni l'écrivain n'écrit sur une page blanche, mais la page ou la toile sont déjà tellement couvertes de clichés préexistants, préétablis, qu'il faut d'abord effacer, nettoyer, laminer, même déchiqueter pour faire passer un courant d'air issu du chaos qui nous apporte la vision[129]. L'effort a consisté ici pour moi à tenter de caractériser les identités des éléments que je continue d'accoler, de manière à dépasser les effets de brouillage liés à mon contexte culturel. Ainsi les accolements art et science me semblent à bien des égards chimériques, tout autant que ceux qui mettent la Chine au contact de l'Occident, ou l'activité artistique au contact de sa réception : ils dégagent des territoires parcourus de malentendus, qui pour cette raison même gardent une forme d'indéfinition hétérotopique, de capacité au surgissement, un espace parfois étroit et pourtant impossible à circonscrire. La figure schizophrène de la chimère me semble s'imposer chaque jour un peu plus, tant la question du destin se

---

129 – Gilles Deleuze, Félix Guattari, *Qu'est-ce que la philosophie ?*, Minuit, 1991, pp. 204-205.

pose en termes de coexistences hétérogènes. Dans les sociétés de la maîtrise et du contrôle, capables de quadriller le réel sous presque tous ses aspects, toute manifestation y compris artistique, semble d'avance attendue, encadrée, repérée jusque dans son apparente autonomie. Les zones frontières, les entre-deux chimériques, les interfaces sans assignations, les non-lieux, les lisières, semblent devenir les refuges de l'inattendu, du chaos véritable, de l'informe bourgeonnant, et rien ne me plaît plus que de suivre les sentiers incertains qui les traversent.

En Chine à la sortie des commerces ou des lieux publics, on vous lance généralement un «慢走啊!» (*manzou a!*), soit: «Allez lentement!»

D'origine suisse et vietnamienne, Florence Vuilleumier naît à Genève en 1974. Elle a suivi un parcours passant par la danse contemporaine, l'École des Beaux-Arts de Genève (actuelle HEAD) et la performance, travaillant avec la chorégraphe Noemi Lapzeson. Elle poursuit sa formation en sinologie et littérature française à l'Université de Genève, séjourne à Beijing, Wuhan et Chongqing. Elle travaille aujourd'hui la peinture, le dessin, l'écriture et la microédition. Elle puise ses choix thématiques dans son expérience propre, l'animalité, le sexe, la régression organique, à la limite de la conscience corporelle, là où affleure peut-être une sorte de socle commun de l'expérience humaine.

Pierre-Philippe Freymond, né en 1961, a une double formation de plasticien et de généticien. Docteur ès Sciences, chercheur à l'Université de Lausanne, il s'est ensuite formé à l'École des Beaux-Arts de Genève, actuelle HEAD. Il a notamment exposé au Musée d'Art Moderne et Contemporain (MAMCO) de Genève, au Musée cantonal des Beaux-Arts (MCBA) de Lausanne, au centre Pasquart de Bienne et au Kunstmuseum de Berne. Il poursuit aujourd'hui un travail de recherche entre culture scientifique et artistique, l'humain et l'animal, le corps et l'espace. Il partage son temps entre le travail d'atelier, l'enseignement de la biologie et des arts visuels, et séjourne régulièrement en Chine.

Nous remercions chaleureusement Valérie Mavridorakis, Hervé Laurent, Véronique Pittori, Vincent Barras, Mathilde Vischer, Jérémie Gindre, Pascal Cavin, Jean François Billeter, et toutes les personnes qui ont contribué, de près ou de loin, à la longue élaboration de cet ouvrage.

Collection Pacific//Terrain
« Des narrations documentaires en textes et en images pour cultiver l'hétérogénéité des connaissances, bousculer les genres et décentrer les points de vue. »

Ce livre paraît avec l'aide de la République et canton de Genève, de la Ville de Genève et de la Loterie Romande.

art&fiction bénéficie d'un soutien structurel de l'Office fédéral de la culture, d'un soutien structurel du Service des affaires culturelles du Canton de Vaud et de la Ville de Lausanne, et est également soutenu par la Loterie Romande.

Cet ouvrage constitue l'édition originale d'*Entredeux. L'art et l'informe, explorations en Chine postcontemporaine*, textes et images de Florence Vuilleumier et Pierre-Philippe Freymond.

Il a été composé en Stanley et Happy Times, imprimé sur Amber Graphic Weiss 100 g/m² et 300 g/m²

Direction éditoriale : Stéphane Fretz et Véronique Pittori
Édition du texte et coordination : Véronique Pittori
Relecture : Béatrice Obergfell
Design et mise en page : Maïssane Escur, Thonon-les-Bains
Photolithographie : Roger Emmenegger, Datatype SA, Lausanne
Impression et reliure : TBS La Buona Stampa, Pregassona

Achevé d'imprimer en Suisse en août 2022 à 1000 exemplaires.
ISBN 978-2-88964-035-5
art&fiction, éditions d'artistes